에 메
세 제 르
선 집

4

나는 흑인이다
나는 흑인으로
남을 것이다

에메 세제르와의 대담

NÈGRE JE SUIS, NÈGRE JE RESTERAI
Entretiens avec Françoise Vergès
by Aimé Césaire

# 나는 흑인이다. 나는 흑인으로 남을 것이다
## 에메 세제르와의 대담

초판1쇄 펴냄 2016년 7월 10일
초판4쇄 펴냄 2021년 10월 8일

**지은이** 에메 세제르, 프랑수아즈 베르제
**옮긴이** 변광배, 김용석
**펴낸이** 유재건
**펴낸곳** 그린비
**주소** 서울시 마포구 와우산로 180, 4층
**대표전화** 02-702-2717 | **팩스** 02-703-0272
**홈페이지** www.greenbee.co.kr
**원고투고 및 문의** editor@greenbee.co.kr

**주간** 임유진 | **편집** 홍민기, 신효섭, 구세주, 송예진 | **디자인** 권희원 | **마케팅** 유하나
**물류유통** 유재영, 한동훈 | **경영관리** 유수진

ISBN 978-89-7682-430-1 03800

學問思辨行: 배우고 묻고 생각하고 판단하고 행동하고
독자의 학문사변행을 돕는 든든한 가이드 _그린비 출판그룹

**그린비** 철학, 예술, 고전, 인문교양 브랜드
**엑스북스** 책읽기, 글쓰기에 대한 거의 모든 것
**곰세마리** 책으로 통하는 세대공감, 가족이 함께 읽는 책

에메
세제르
선집

4

**Aimé Césaire**
***Nègre je suis, nègre je resterai***

에메 세제르 · 프랑수아즈 베르제 지음
변광배 · 김용석 옮김

# 나는흑인이다
# 나는흑인으로
# 남을것이다

에메 세제르와의 대담

그린비

# 서문

2004년 7월 나는 에메 세제르를 만나기 위해 마르티니크의 포르드 프랑스Fort-de-France로 출발했다. 출발에 앞서 나는 이미 그에게 대담을 부탁하는 서신을 띄운 바 있다. 그는 긍정적인 답을 보내 왔으며, 가능하면 대담을 빨리 진행하자고 제안했다. 56년 동안 시장직을 수행한 그는 나를 오래된 시청 건물에 있는 자기 사무실에서 맞았다. 처음 만난 이 사람은 아주 정중했다. 또한 주의 깊은 반면 데면데면하기도 했고, 소심한 반면 친근하기도 했으며, 매사에 관심을 가진 반면 의심이 많기도 했다. 나는 그에게 몇 권의 책을 건넸다. 그는 최근에 간행된 두 권의 그리스어와 라틴어 고전에 즉각 관심을 보였다. 과거에 그는 고전 작품들, 특히 그리스 비극에 심취했으며, 이 취미를 지금도 그대로 간직하고 있었다. 반면 역사와 예술에 대한 책에는 그다지 큰 관심을 보이지 않았다. 곧장 그는 나의 방문 목적을 확인했고, 자기와의 대담이 가질 수 있는 의미에 대해서는 회의적인 태도를 보였다. 그는 자신의 저작들이 여전히 반향을 일으킬 수 있다는 점을 믿고 싶지 않아 했다. 또한 런던에 있는 한 대학에서 내가 가르치고 있는 학생들이 그의 저작들, 특히 『식민주의에 대한 담론』 *Discours sur le colonialisme*과 『귀향 수첩』*Cabier d'un retour au pays natal*을 연구하고 인용한다는 사실을 알고 놀라워했다. 나는 미국에서 그의 저작들이 얼마나 많이 논의되고 있는지를 말해 주었다. 또한 뉴욕대학에서 열린 한 학술대회에서 그의 저작들을 검토하기 위해 일본과 독일, 혹은 영국령 카리브 제도에서 온 전문가들의 발표를 경청했다는 사실도 말해 주었다. 이 말을 듣고 그는 웃었다. 하지만 나는 거듭 강조했다. 전 세계에 걸쳐 그가 널리 알려져 있고 존경받고 있으며 높이 평가받고 있다고 말이다. 그의 견해, 그의 생각이 중요하다고 말이다. 물론 프랑스에서 그의 위상은 과거보다 못한 것이 사실이다. 이 사실에 대해 그가 놀랐을까? "아닙니다." 그가 대답했다. 그렇다고 해서 이 대답이 프랑스에서 다소 추락한 그의 위상을 다시 끌어올릴 필요가 있음을 의미하는 것은 아니었다. 명예·인정·영광 등은 세제르에게 큰 의미가 없었다. 심지어 그는 이런 것들을 무시하는 듯 보였다. 그는 더 영광스러운 많은 제안을 물리친 채 마르티니크에 사는 것을 선택했다. 여러 번에 걸쳐 내게 반복해서 말한 것처럼 그는 자기가 태어난 섬을 좋아했다. 하지만 그가 항상 프랑스령 앙티이les Antilles françaises[1]에 대해 부드러운 태도를 취한 것은 아니었다. "……앙티이를 역사적인 면에서 상기하는 것, 그것은

---

1 [옮긴이] 앙티이, 앤틸리스, 서인도 제도 등으로 옮길 수 있다.

앙티이와 끝장을 보려는 내 의지이다. 그러니까 역사의 가장자리에서 기아·기근·억압이라는 이름 붙일 수 없는 막장 상태를 끝장내려는 내 의지이다."[2] 이와 같은 그의 단언에는 다음과 같은 세 가지가 동시에 포함되어 있다. 하나는 열대 섬에 대한 낭만주의의 거부이다. 다른 하나는 『귀향 수첩』의 도입부에서 볼 수 있는 그 유명한 구절이다. "굶주리고 천연두 딱지가 닥지닥지 내려앉은, 술에 절은 앙티이인들. 돌다 돌다 떠돌다 이 부두의 진창에, 이 도시의 속진에 좌초한, 속절없이 가라앉은 앙티이인들."[3] 또 다른 하나는 "사랑과 도덕의 질서정연한 장소"인 마르티니크에 대한 깊은 애정이다. 그는 마르티니크인들에게 "공감"을 가지고 있다. 이와 같은 "감정적 동기"가 없었다면 그는 "루앙의 항만 노동자들의 운명보다 사탕수수 채취자들의 운명"에 더 관심을 가질 아무런 이유도 갖지 못했을 것이다. 그의 말에 따르면 그는 섬나라의 불안을 공유하고 있다. "나는 침착한 사람이 못 됩니다.……나는 앙티이 고유의 불안을 가지고 있어요."[4] 이것은 "자신의 운명에 대해 책임이 없다는 감정과 자기가 주인공을 맡아야 할 드라마에서 한갓 조연에 불과하다는 감정을 가진 주민의 초

2  Daniel Guérin, *Les Antilles décolonisées*, Paris, Présence Africaine, 1956, p. 8 에서 재인용.

3  Aimé Césaire, *Cahier d'un retour au pays natal*, Paris, Présence Africaine, 1983, p. 8[『귀향 수첩』, 이석호 옮김, 그린비, 2011, 8쪽].

4  "Parole de Césaire. Entretien avec K. Konaré et A. Kwaté, mars 2003", in *Césaire et Nous. Une rencontre entre l'Afrique et les Amériques au XIX$^e$ siècle*, Cauris Éditions, 2004, p. 11.

조함"[5]을 보여 주는 징후적인 불안이다. 그는 이 점에 대해 다음과 같은 표현으로 거듭 말하고 있다. "그러니까 앙티이인이 되는 것은 쉬운 일이 아닙니다. 라레위니옹La Réunion 사람이 되는 것 역시 쉬운 일은 아닐 겁니다. 하지만 상황이 그래요. 우리는 용기를 가지고 품위를 지키면서 이를 견뎌 내야 합니다. 필요하다면 자부심을 가지고서 말입니다."

나는 그를 매일 아침마다 만났다. 그리고 도시의 고지대에 위치한 호텔로 돌아갔다. 포르드프랑스는 라레위니옹의 주도州都인 생드니에 비교되는 '크레올'créole 색깔이 아주 강한 도시이다. 또한 포르드프랑스는 섬 지방의 특징을 간직하고 있음에도 "열대지방에서 그다지 촌스럽지 않은" 도시이기도 하다. 이 도시는 대낮에는 활동이 멎고, 길거리는 텅 비어 있다. 부두로 뻗어 있는 큰 사바나 광장에 가면 목 부분이 잘리고 붉은색 페인트로 뒤덮인 조제핀 드 보아르네 Joséphine de Beauharnais의 동상을 볼 수 있다. 이곳 사람들의 기억 속에서 조세핀은 나폴레옹으로 하여금 1802년에 노예제도를 제정하게끔 한 여자로 남아 있다. 이제는 그 누구도 잘려 나간 그녀의 목 부분을 수리하려 들지 않는다. 왜냐하면 그다음 날이면 어김없이 목 부분이 다시 잘려 나가기 때문이다. 광장 서쪽으로 나 있는 '자유로'

---

5  Césaire, "Pour la transformation de la Martinique en région dans le cadre d'une Union française fédérée", discours prononcé au congrès constitutif du Parti progressiste martiniquais, 22 mars 1958(세제르 문서 보관소).

에는 먼지투성이의 쉴셰르[6] 도서관 건물, 컬럼버스 이전과 선사 시대의 마르티니크를 보여 주는 고고학 박물관 건물, 식민 시대의 건축 양식을 한 부즈노 건물[7]이 늘어서 있다. 세제르는 이 도시에 커다란 자부심을 가지고 있었다. 특히 자신의 손으로 수도, 하수 시설, 전기 시설을 갖춰 현대화시킨 구역들에 대해 그러했다. 매주 목요일 오후에 운전기사가 그를 태우고 해안과 산악 지역을 따라 한 바퀴 돌았다. 그는 내게도 같이 가자고 했다. 그는 운전사와 함께 나를 데리러 왔고, 올 때는 이 섬에서 볼 수 있는 꽃에 관한 책을 들고 왔다. 내게 식물과 꽃의 이름을 가르쳐 주기 위해서였다. 또한 철학책도 들고 왔다. 내가 그에게 젊은 시절에 영향을 준 철학자들의 이름을 알려 달라고 부탁했기 때문이다. 그는 내가 섬의 나무·식물·경치 등을 감상할 수 있도록 종종 차를 세우게 했다. 그는 내게 각 지역의 명칭, 그 지역의 정치가들과 자기가 소속된 당인 마르티니크 진보당Parti progressiste martiniquais; PPM의 관계 등에 대해 말해 주었다. 우리는 안개가 자욱한 플레Pelée 산의 언덕에도 갔다. 그는 이 장소를 아주 좋아한다고 털어놓기도 했다. 사람들은 그를 알아보았고, 정중하게 인사를 하기도 했다. 하지만 거리를 둔 채였다. 세제르는 다른 사람들에게 자기와 쉽게 친근한 관계를 맺을 수 있다는 생각을 주지 않았

---

6  [옮긴이] 빅토르 쉴셰르(Victor Schœlcher, 1804~1893)는 프랑스의 정치인으로 프랑스에서 노예제도가 결정적으로 폐지되는 데 공헌한 인물로 알려져 있다.

7  [옮긴이] 프랑스의 기술자이자 무역인이었던 에밀 부즈노(Emile Bougenot, 1838~1925)가 소유했던 건물로 식민지 시대의 애환을 보여 주는 대표적인 건축물이다.

다. 시대에 뒤진 우아함으로 그는 평소에도 양복을 입고 넥타이를 맸다. 그는 절대로 티셔츠와 반바지 차림을 한 것을 볼 수 없다고들 하는 부류의 사람이었다. 우리는 생피에르Saint-Pierre 시로 내려왔다. 1902년 5월 8일은 영원히 사람들의 기억에 각인되어 있었다. 그날 플레 산의 화산 폭발로 인해 이 도시가 몇 분 만에 완전히 파괴되었던 것이다. 역사가들에 의하면 이 재앙으로 28,000명이 사망했다. 타죽고, 질식해 죽고 또 산 채로 타서 죽었다. 또한 역사가들은 화산재에 뒤덮인 이 도시의 모습, 용암을 피해 뛰어들었던 많은 사람이 익사한 뜨거운 바다, 화산 폭발에 이어 여러 날 동안 계속된 열기와 끔찍한 냄새, 항구의 거리들을 포함해 곳곳에 널부러져 있던 시체와 폐허가 된 건물에 대해서도 말하곤 한다. 여러 개의 극장, 사회적·문화적인 생활 덕분에 '카리브해의 파리'로 불렸던 이 도시는 몇 분 만에 유령의 도시가 되었던 것이다. 이 재앙으로 인해 이 도시는 영원히 그 광채를 잃어버렸고, 마르티니크의 주도 역할을 포르드프랑스에 양보하게 되었다. 오늘날 이 도시는 작은 마을에 불과하다. 세제르는 내게 이 도시의 옛 극장의 잔해를 보여 주었고, 운전 기사에게 퐁생드니Fonds-Saint-Denis로 가자고 부탁했다. 그러다가 갑자기 차를 세워 달라고 했다. 멋진 판야나무가 울창한 가지들을 늘어뜨리고 있는 커브 길이었다. 1902년 화산 폭발로 인해 이 나무의 줄기가 타 버렸다. 해서 사람들은 이 나무를 영원히 잃어버렸다고 생각했다. 그런데 50년이 지난 후에 이 나무에서 다시 싹이 돋아났고, 그 이후 이 나무는 계속 자랐다. 세제르는 종종 이 나무를 보기 위해 이곳에 온다고 했다. 100년이 넘은 이 나무가 재앙을 이겨 냈을 뿐만 아니라, 자연은 이 나무의 싹을 다시 틔움으로써 수많은 재앙을 무시한다는 것을 증명해 준다는 것이었다. 그는 이곳에 와서 몽상을 하고 여러 편의 시를 썼다고 한다. 특히 몽상을 했다고 한다.

우리는 매일 아침 9시부터 12시까지 대담을 나눴다. 그는 쉬이 피곤해했다. 오랜 삶을 영위한 사람의 나이에서 오는 피곤이었다. 그는 이미 많은 것을 쓰고 말했다. 그것들을 다시 설명하는 게 무슨 소용이 있겠는가? 왜 다시 자기를 정당화할 필요가 있겠는가? 왜 다시 논하고 옹호할 필요가 있겠는가? "내가 쓴 시가 나를 위해 말해 주고 있어요." 그는 이렇게 반복해서 말하곤 했다. 하지만 나는 그의 행동에 대해, 가장 '드러나지' 않았던 것에 대해, 가장 덜 회상된 것에 대해 듣기를 원했다. 가령 식민지와 프랑스에 대한 그의 분석이 그것이었다. 이와 같은 관심사에 그는 퍽이나 놀란 눈치였다. 그럼에도 그는 흔쾌히 응해 주었고, 어떤 때는 거꾸로 내게 긴 질문을 던지기도 했다. 나는 그에게 내가 정기적으로 아프리카에 간다는 사실과 남아프리카공화국을 비교적 잘 알고 있다는 사실 등을 알려 주었다. 그는 이러한 사실들에 대해 더 말해 줄 것을 부탁하기도 했다. 우리의 대담은 종종 일관성이 없었고, 또 당혹스러운 부분도 없지 않았다. 하지만 며칠 후에는 다시 정상적으로 진행되었다. 세제르 역시 내게 얘기해야만 했던 것들을 털어놓았다는 사실을 알게 되었다.

나는 그와 대담하는 것을 좋아했다. 무엇보다도 나는 그의 역할을 상기시키고자 했다. 식민 제국의 붕괴에 참여한 남녀 세대 곁에서 그가 맡았던 역할을 말이다. 세제르는 내가 어린 시절에 그의 이름을 자주 들었던 사람이기도 하다. 그는 나의 할아버지 레몽 베르제Raymond Vergès와 잘 아는 사이였다. 그들은 함께 식민지였던 마르티니크, 과들루프, 라레위니옹, 기아나를 프랑스의 도道로 바꾸려고 노력했다. 세제르의 이름은 우리 집에서 이루어지던 정치 관련 대화에서 종종 거론되곤 했다. 마르티니크의 국회의원과 마르티니크 진보당 당원 자격으로서였다. 그는 라레위니옹의 정치인들과도 교분이 있었다. 또한 그가 소속된 당은 프랑스 해외도海外道의 좌파 정당들이 벌인 활동에 가담하기도 했다. 이는 이 지역들의 문화적·사회적·정치적 삶의 민주화를 위한 것이었다. 나는 그의 저작 가운데 『귀향 수첩』과 『식민주의에 대한 담론』을 잘 알고 있었다. 내 생각에 이 두 저서는 반식민주의 운동을 알려면 반드시 읽어야 하는 것들이다. 요컨대 세제르는 어린 시절 내가 커다란 존경과 좋은 평판을 가졌던 인물로 각인되어 있다. 그런데 내가 주위 사람들에게 그와의 대담 계획을 알렸을 때, 많은 프랑스인이 그의 작품은 물론이거니와 그의 행동에 대해서도 잘 알지 못하는 상황이었다. 심지어 그가 죽었다고 생각하는 이들도 있었다. 이러한 사실에 내가 놀란 것은 아니었다. 이것은 프랑스 여론에서 제대로 평가되지 않은 사회인 '해외도'가 차지하는 위치를 단적으로 보여 주는 여러 징후 가운데 하나에 불과하기 때문이다. 즉 역사와 문화가 파편적·개략적 형태로만 인용되는 그러한 사회의 위치를 말이다. 하지만 나는 세제르와 대담을 하고 싶었다. 그도 그럴 것이 현재 그에게 가해진 수많은 주석의 양상으로 인해 내가 충격을 받았기 때문이다. 널리 퍼져 있는 주장들은 식민주의에 대한 논의에서 세제르에게 돌아가야 할 몫을 부정하고 있고, 그 몫은 오히려 프란츠 파농Frantz Fanon, 파트리크 샤무아조Patrick Chamoiseau, 에두아르 글리상Édouard Glissant에게 돌아가고 있는 실정이다. 내가 보기에 '흑인'에 대한 세제르의 접근 방식은 파농의 그것보다 현재 논의되고 있는 '흑인 문제'에 훨씬 더 가까운 것으로 보인다. 세제르에게 '흑인이라는 것'은 대륙 횡단적 역사를, 특히 전 세계에서 이루어진 디아스포라의 원천인 아프리카를 가리킨다. '흑인이라는 것'은 잉여의 무엇이 아니라 다른 무엇이다. 흑인은 다른 인종들에 비해 더 나쁘지도 더 좋지도 않다. 하지만 이 다른 인종들은 흑인의 노예화, 강제 이주, 플랜테이션 건설, 여전히 여러 사건에 대한 쓰라리고 생생한 기억을 가지고 있는 새로운 사회의 탄생 등의 역사를 무시하는 죄를 짓고 있다.

결국 프랑스에서 처음으로 노예무역과 노예제도의 역사에 대한 기억과 기술이 공적 토론의 대상이 되고 있는 동안, 노예제도가 정착되었던 식민지 출신이자 프랑스의 공공 교육을 받았던 한 사람의 저작을 다시 읽는 작업은 매우 중요해 보였다. 여전히 식민 지배를 받고 있던 섬에서 태어났고, 프랑스 엘리트의 산실인 고등사범학교École normale supérieure 학생이었던 한 사람, 그것도 1930년대에 학교를 다녔던 한 사람의 저작을 말이다. 그의 저작들에는 그가 살던 시대의 역사적 중요성이 잘 나타나 있다. 투생 루베르튀르[8]에 대한 그의 에세이는 물론이거니와 그의 극작품, 연설, 그리고 아이티가 중요한 위치를 차지하고 있는 여러 글에 이르기까지 말이다.[9] 노예무역과 노예제도에 대한 논의에서 세제르의 목소리는 독창적인 접근 방식을 보여 준다. 이 방법을 통해 그는 이 두 현상의 비인간적인 난폭성과 치유 불가능한 특징을 동시에 강조하고 있다. 이런 이유로 그는 손해배상 청구에 반대하는 입장을 취한다. 다양하면서도 도저히 정당화될 수 없는 결과를 낳은 중요한 사건이 단지 손해배상이라는 산술적 측면으로 축소되는 것을 염려했기 때문이다. 식민주의에 대한 그의 텍스트들은 새로운 역사학적 논쟁이 시작되는 시점에 다시 읽혀야 할 이유를 가지고 있다. 가령 2005년 2월 법이 공포된 시점, 즉 '프랑스 공화국 원주민들'의 청원, 식민지의 과거와 현재 사이의 관계에 대한 자료 수집과 출판에 관한 법이 공포된 시점에 말이다.

현재의 시각으로 세제르의 저작들을 다시 읽는 작업은 오늘날 진행되고 있는 논의에 대해 그 근간이 되는 역사와 계보를 제시해 준다. 나는 그의 저작들에 대한 향수 어린 독서도, 그를 우상화하는 독서도 결코 권장하지 않는다. 대신 내가 권장하는 것은 하나의 목소리를 재구성하는 독서이다. 그러니까 모든 갈등 속에서 그가 직접 경험

---

8 [옮긴이] 투생 루베르튀르(Toussaint Louverture, 1743~1803)는 아이티 출신의 프랑스군 최초의 흑인 장군으로, 아이티 혁명을 주도했고 후일 아이티의 총독을 지냈다. 그의 이름은 미국에서 주로 흑인들의 해방 운동과 연결되어 있다.

9 Césaire, *Toussaint Louverture*, Paris, Présence Africaine, 1962; *La Tragédie du roi Christophe*, Paris, Présence Africaine, 1963; *Victor Schœlcher et l'abolition de l'esclavage*, Lectoure, Éditions Le Capucin, 2004(rééd. d'un ouvrage de 1948, *Esclavage et colonisation*, Paris, PUF, 1948).

했던 세기, 즉 식민 제국의 종말의 세기, 또한 그때 제기되었던 평등, 상호 문화성, 익명의 인간들에 대한 역사 기술, 비유럽 세계의 사라져 버린 자들에 대한 역사 기술 등과 같은 여러 문제를 증언하는 목소리가 그것이다. 세제르는 이렇게 쓰고 있다. "나의 입은 입을 가지지 못한 자들의 불행을 말하는 입이 될 것이다."[10]

대담이 진행되는 동안 세제르가 어느 정도로 자기 생각을 정화淨化했는지는 모른다. 그는 종종 이렇게 반복해서 얘기했다. "난 모든 것을 말했어요." 이 말을 듣고 나는 아무런 답도 할 수 없었다. 하지만 그러다가 그는 갑자기 활기를 되찾곤 했다. 자기 시의 한 구절이나 자기 극작품의 한 대사를 낭독한다든가 또는 어떤 문제에 대해 생생하고 정확한 태도로 답을 하기 위해서 말이다. 실제로 그는 이미 많은 것을 말했다. 무엇보다도 그는 시인이 아닌가! 아주 독창적인 그의 정신은 그가 살았던 세계에 깊이 뿌리를 내리고 있음과 동시에 이 세계에 대한 몽상적인 요소들을 증언해 준다. 이를테면 마르티니크라는 세계, 흑인들의 세계, **인간과는** 거리가 먼 세계, 이 세계에 대한 그의 꿈·죄·공포 등을 말이다. 세제르는 아주 빈번하게 자기 자신에 대해 설명했음에도 불구하고 잘 경청되지 못했던 인간의 무력함을 표현하고 있다. 나는 이와 같은 무력함을 잘 이해할 수 있었다. 그는 내게 이렇게 말했다. 자기나 태어난 섬을 산책하는 것, 자기에게 뭔가를 설명할 것을 명령하지 않는 사람들을 만나는 것을 좋아한

---

10　Césaire, *Cahier d'un retour au pays natal*, p. 22[『귀향 수첩』, 22쪽].

다고 말이다. 또한 다른 사람들과 함께 그저 식물이나 일상생활에 대해 의견을 나누면서 시간을 보내는 것에서 행복을 느낀다고 말이다. 아주 유명해진 이 사람은 모든 요청에 응하고 있었다. 항상 아주 정중하게 학생·예술가·정치인·기자를 맞았으며, 심지어는 그에게 인사하러 들르는 여행객까지도 맞았다. 하지만 그는 모든 사람, 특히 자기를 만나기를 원하는 마르티니크 사람들의 세세한 점에 관심을 표명하는 것을 결코 잊지 않았다. 이처럼 어떤 이는 그에게 프랑스에서 태어난 손녀딸을 소개하기 위해 그의 사무실 앞에서 기다렸다. 또 어떤 이는 길에서 그와 만나게 되면 건강이 어떠냐고 묻기도 했다. 마르티니크 사람들이 '세제르 할아버지'라고 부르는 이 사람은 세상사에 대해 꾸준히 관심을 표명하고 있었다. '세제르 할아버지'라는 표현은 그의 친구였던 미셸 레리스Michel Leiris의 것으로, 호감이 가는 한 사람에 대한 존경이나 평판이 부계적 표현으로 나타나는 아프리카 문화의 잔존으로 분석된다. 하지만 프랑스 문화에서는 이와 같은 표현이 앙티이인들의 낙후된 문화의 징후로 여겨지고 있다. 여하튼 세제르는 그 자신을 정당화할 것을 명령받지 않는 조건에서는 누구든지 맞아들이고 있었다. 그럼에도 그는 내게 까다로운 많은 질문에 대답해 주는 커다란 선물을 해주었다. 그의 시나 극작품에 관련된 것이 아니라 좀더 일반적인 주제, 가령 노예제도, 사죄, 공화국, 문화적 차이, 권력의 고독한 성격 등에 관련된 질문에 대해서 말이다.

| 일러두기 |

1 이 책은 Aimé Césaire, *Nègre je suis, nègre je resterai: Entretiens avec Françoise Vergès*(Editions Albin Michel, 2005)를 옮긴 것이다.

2 본문의 주석은 모두 각주이며, 옮긴이 주는 따로 구분해 주었다. 본문 내용 중 옮긴이가 추가한 내용은 대괄호([ ])로 묶어 표시했고, 본문과 각주에서 대담자인 세제르나 베르제가 추가한 내용은 해당 부분 끝에 '—세제르', '—베르제'라고 표시해 옮긴이 첨언과 구분해 주었다.

3 원서에서 이탤릭체로 강조한 표현은 고딕체로 표시했다.

4 단행본·정기간행물에는 겹낫표(『 』)를, 논문·시·희곡에는 낫표(「 」)를 사용했다.

5 외국 인명·지명은 2002년에 국립국어원에서 펴낸 '외래어 표기법'에 따라 표기했다.

대담

**프랑수아즈 베르제** 선생님께서는 청소년 시절에 마르티니크를 떠난 것을 얼마나 다행스럽게 생각했는지에 대해 종종 말씀하고 계십니다. 어떤 이유에서인지요?

**에메 세제르** 당신은 라레위니옹 출신이니까 쉽게 이해할 수 있을 겁니다. 나는 마르티니크 출신입니다. 나는 바스포앵트Basse-Pointe라는 마을에서 초등학교를 다녔습니다. 초등학교 2학년 때부터 나는 쉴셰르 고등학교 병설 학교에 다녔고, 바로 나는 내가 살고 있던 마르티니크 사회를 증오하기 시작했습니다. 이건 과장이 아닙니다. 나는 지금도 여전히 유색인 프티부르주아들의 모습이 눈에 선합니다. 나는 아주 빨리 그들에게 유럽을 모방하려는 근본적인 성향이 있다는 사실을 알아차리고 굉장한 충격을 받았습니다. 그들은 유럽인과 동일한 편견을 공유하고 있었습니다. 그들은 속물근성적인 태도를 보였고, 내 생각에 이러한 태도는 작위적인 것에 가까웠습니다. 나는 그로 인해 몹시 화가 났습니다. 하지만 당시에 나는 아주 소극적이었고, 심지어는 거칠기까지 해서 그들을 피했습니다. 해서 누구도 내게 관심을 갖지 않았습니다.

용감했던 나의 누이는 '식민지 기숙학교'라 불리는 여자 고등학교에 다녔습니다. 누이는 토요일과 일요일마다 '아래층 방'에서 친구들을 맞았습니다. 그 당시에는 거실을 그렇게 불렀습니다. 당신은 식민지 시대의 건물에서 방들이 어떻게 배치되어 있었는지 잘 아실 겁니다. 1층에 복도를 중심으로 거실과 부엌이 있고, 위층으로 올라가는 계단이 있죠. 누이 친구들은 아주 친절했습니다. 하지만 아래층에서 있었던 모임은 내 취향이 아니었습니다. 그런 모임 때문에 나는 몹시 화가 났습니다. 해서 계단을 통해 위층으로 올라가 피신하곤 했습니다.

내 생각에 마르티니크인은 경박하고 피상적이었으며, 약간 속물근성에 젖어 있었고, 과거 유색인들이 가졌던 모든 편견을 가지고 있는 자들이었습니다. 이 모든 것이 내 마음에 들지 않았고, 해서 프랑스로 가게 되었을 때 아주 기뻤다는 사실을 고백해야만 할 것 같습니다. 마음속으로 이렇게 말했습니다. '이젠 조용할 거야! 난 자유로울 거야! 읽고 싶은 걸 맘껏 읽을 수 있을 거야!'

프랑스로 가는 것, 그것은 내게 해방, 가능성, 피어오를 수 있다는 희망의 약속이었습니다. 달리 말해 내 세대의 많은 친구와 달리 나는 계속 폐쇄되고 협소한 세계, 식민지 세계에서 살고 있다는 감정을 가지고 있었습니다. 이것이 나의 첫번째 감정입니다. 나는 마르티니크를 사랑하지 않았던 겁니다. 그래서 그곳을 떠날 수 있었을 때 나는 기뻤습니다. "안녕이라구! 잘 있어!"라고 생각했습니다. 나는 배 위에서 옷을 입는 것과 사교 생활에만 몰두할 뿐인 마르티니크 종 자들과 친하게 될까 봐 겁이 났습니다. 가령 토요일의 무도회, 음악, 나이트클럽, 유행 중인 모든 관심사에만 몰두하는 사람들 말입니다. 이런 모든 것에 나는 끔찍한 혐오감을 느꼈습니다. 여행은 15일에서 20일 정도 걸렸습니다. 무도회·오락거리 등이 있었습니다. 일종의 살롱 생활과 같은 것이었죠. 나는 다시 배 밑바닥, 음악실로 몸을 피했습니다. 기술 교육을 받으러 프랑스로 가는 작은 친구와 함께였습니다. 나는 저녁을 먹기 위해서만 나왔고, 다시 그곳으로 되돌아갔습니다.

르아브르Le Havre 항구에 도착했을 때 나는 아주 만족했습니다. 친구가 물었습니다. "어디서 묵을 건데?" 나는 이렇게 대답했습니다. "몰라, 찾아봐야지. 넌?" "난 기술 학교에 다닐 거야." 그 학교의 이름 은 에이롤Eyrolles 학교였습니다. 이 학교의 주 건물은 생제르맹 대로 에 있었고, 이 학교는 아직도 존재합니다. 내 친구는 카샹에 있는 호 텔에 여장을 풀었습니다. 내가 그 친구에게 말했습니다. "나도 그곳 에 갈 거야. 방 하나만 잡아 줘." 그렇게 해서 나도 카샹에서 하루 저 녁을 머물게 되었습니다. 그다음 날 나는 전차를 타고 포르트 도를레 앙에서 내렸고, 다시 지하철로 생제르맹 대로에 도착했습니다. 이어 생자크 가街를 거쳐서 루이르그랑Louis-le-Grand 고등학교에 가게 되 었습니다.

나는 아주 기뻤습니다. 속으로 이렇게 말했어요. '마침내 파리에 입성했군. 마르티니크는 지긋지긋했어. 난 이제 꽃을 피울 거야!' 나는 그 당시 외젠 르베르Eugène Revert라는 역사 담당 교수의 추천서를 가지고 있었습니다. 그분은 문명들의 접촉을 주 내용으로 하는 마르티니크에 대한 매우 훌륭한 책의 저자였어요. 아주 다정하고 아주 인간적인 그분이 내게 이렇게 물은 적이 있었습니다 "에메 세제르, 바칼로레아 시험에 합격하면 무얼 할 생각이지?" 그분은 수부룩한 수염을 가지고 있었어요. 나는 그 수염을 바라보면서 이렇게 대답했습니다. "선생님처럼 교육자가 되고 싶습니다." "좋아, 나처럼 되고 싶다면 루이르그랑 고등학교에서 고등사범학교 입학 시험을 준비하는 반에 등록해야 할 거야. 넌 성공할 거라고 믿는다." 루이르그랑 고등학교 교장 선생님은 아주 친절하게 나를 맞아주셨습니다. 나는 그 길로 고등사범학교 준비 1학년 반에 등록했습니다. 사무실에서 나오면서 한 남자와 마주쳤습니다. 그는 중간 키, 아니 작은 키에 회색 옷을 입고 있었습니다. 곧장 나는 그가 이 학교 기숙생이라는 것을 알아차렸습니다. 그는 허리 끝에 빈 잉크병이 달린 줄을 두르고 있었습니다. 그는 내게 다가와서 이렇게 말했습니다. "안녕, 이름이 뭐야? 어디에서 왔어? 무엇을 하니?" "난 에메 세제르야. 마르티니크에서 왔고, 고등사범학교 준비 1학년 반에 등록했어. 넌?" "난 레오폴 세다르 상고르[1]야. 세네갈 출신이고, 준비 2학년 반이야." 그러고 나서 그는 나와 가볍게 포옹했습니다. "반가워, 반갑다." 이 일이 루이르그랑 고등학교에 도착한 바로 그날에 일어났어요! 그 이후 준비 2학년 반에 있던 그와 1학년 반에 있던 나는 아주 친한 친구가 되었습니다. 우리는 매일 만났고 토론했습니다. 그는 조르주 퐁피두[2]와 준비 2학년 반에 있었고, 아주 친했습니다. 나 역시 퐁피두를 그 무렵에 알게 되었습니다.

상고르와 나는 아프리카, 식민주의, 문명에 대해 끝없이 토론했습니다. 그는 그리스와 라틴 문화를 화제로 삼는 걸 좋아했습니다. 그는 아주 훌륭한 헬레니스트였습니다. 그러니까 우리는 함께 성장했던 것이고, 그렇게 해서 다음과 같은 첫번째 질문에 이르게 되었습니다. "난 누구지? 우린 누구지? 백인들 세계에서 우리는 무엇이지?" 중요한 질문들이었죠. 두번째 질문은 도덕적인 것이었습니다. "난 뭘 해야 하지?" 세번째 질문은 형이상학적인 것이었습니다. "뭘 희망할 수 있을까?" 이 세 질문은 그 당시 우리의 주요 관심사였습니다. 그 무렵 상고르와의 의견 교환은 대단히 교육적이었습니다.

우리는 시사 문제에 대해서 토론하기도 했습니다. 당시에는 에티오피아 전쟁이 진행 중이었습니다. 유럽의 제국주의에 관해, 조금 후에는 파시즘의 부상과 인종차별주의 등을 토론하기도 했습니다. 우리는 곧장 우리의 입장을 결정했고, 이것은 우리의 인격 형성에 영향을 미쳤습니다. 그러한 일들이 우리의 주요 관심사였기 때문입니

---

1 [옮긴이] 레오폴 세다르 상고르(Léopold Sedar Senghor, 1906~2001)는 세네갈 출신의 시인·작가·정치가로 1960~1980년에 세네갈 공화국 대통령을 역임했다.
2 [옮긴이] 조르주 퐁피두(Georges Pompidou, 1911~1974)는 프랑스 19대 대통령을 역임한 인물이다.

다. 곧이어 제2차 세계대전이 발발했고, 나는 포르드프랑스로 되돌아갔습니다. 나는 쉘셰르 고등학교에 임명되었고, 상고르는 프랑스에 있는 학교에 임명되었습니다. 전쟁 후에 파리에 다시 갔을 때 내가 무엇을 발견하게 되었을까요? 일종의 예복을 입은 키 작은 사람을 발견하게 되었습니다. 상고르는 세네갈에서 국회의원이 되었고, 나는 마르티니크에서 국회의원이 되었던 겁니다. 우리는 다시 포옹을 나누었습니다. 성격과 많은 면에서 차이가 있었음에도 불구하고 우리의 우정은 그대로였습니다. 그는 아프리카인이었고, 나는 앙티이인이었습니다. 그는 가톨릭 신자였고, 정치적으로는 인민공화국운동Mouvement républicain populaire[3]에 가까웠습니다. 하지만 그 당시에 나는 프랑스 공산당 당원이었거나 '공산주의에 가까워지는' 상황이었습니다. 우리는 서로 언쟁을 한 적이 없습니다. 우리는 서로를 좋아했고, 성장하는 과정에서 서로 영향을 많이 주었다고 할 수 있습니다.

**베르제** 선생님께서 말씀하신 청소년 시절과 새로운 자유의 시대로 되돌아가 보죠. 그때 어떤 책을 주로 읽으셨는지요?

**세제르** 학교에서 정한 독서 프로그램을 따랐습니다. 하지만 우리 각

---

3 [옮긴이] 1944년에 창립해 1970년대 중반에 해체된 프랑스의 정치 정당으로 중도 민주기독교 성향의 정당이었다.

자의 주제를 가지고 있었습니다. 물론 고전 작품들을 읽었지요. 라마르틴, 빅토르 위고, 알프레드 드 비니 등이 좋은 예입니다. 하지만 이들의 작품은 우리의 관심사에 답을 제공해 주지 못했습니다. 랭보는 아주 중요한 작가였습니다. 그가 "나는 흑인이다"라고 선언했기 때문입니다. 클로델과 초현실주의 작가들의 작품도 읽었습니다. 비록 돈은 별로 없었지만 현대 작가들의 작품도 구입했던 것으로 기억합니다.

그 당시 파리에서는 마르티니크 출신인 나르달Nardal 자매가 큰 살롱을 운영하고 있었습니다. 상고르는 그곳을 정기적으로 찾았지요. 나로 말할 것 같으면, 나는 살롱을 별로 좋아하지 않았어요. 그렇다고 그곳을 완전히 무시한 것은 아닙니다. 나는 그곳에 한두 번 발을 디뎠고, 오래 머물지는 않았어요. 어쨌든 그렇게 해서 난 그곳에서 미국계 흑인 작가들을 알게 되었습니다. 랭스턴 휴스, 클로드 매케이 등이 그들입니다. 우리에게 이 미국계 흑인 작가들은 새로운 발견이었습니다. 호메로스, 베르길리우스, 코르네유, 라신 등의 작품을 읽는 것만으로는 충분하지 않았던 겁니다. 우리에게 가장 중요했던 것은 다른 새로운 근대 문명과의 조우였습니다. 가령 흑인들, 그리고 이들이 다른 문화에 속해 있다는 자부심과 의식 등이 그것이었습니다. 그들이 바로 자신의 흑인 정체성을 주장한 첫번째 작가들이었습니다. 반면 프랑스에서는 주로 동화assimilation, 동화주의 성향이 강했습니다. 이와는 달리 그들 흑인 작가에게서는 특별한 소속감에 대한 자부심을 볼 수 있었습니다. 따라서 우리는 우리만의 세계를 만들었던 셈입니다. 나는 고등학교 선생님들을 아주 존경했어요. 하지만 상고르와 나는 개인적인 독서를 많이 했던 것으로 기억합니다.

　내겐 또 유고슬라비아 출신 친구가 있었습니다. 페타르 구베리나Petar Guberina였는데, 여름에 나를 크로아티아로 초대한 적이 있어요. 내 기억에 그곳 해안가가 내 고향의 그것과 비슷했던 것 같았습니다. 해서 한번은 그에게 물었어요. "이 섬의 이름이 뭐지?" 그는 그 섬의 이름이 프랑스어로 '마르탱'Martin을 의미한다고 대답해 주었습니다. 그때 나는 속으로 이렇게 생각했습니다. '내가 지금 보고 있는 이곳이 바로 마르티니크야.' 그 이후 나는 공책을 한 권 구입해 거기에 『귀향 수첩』을 쓰기 시작했습니다. 그러니까 귀향은 참다운 의미에서의 귀향이 아니었고, 달마티아 해변에서 내가 태어난 섬에 대한 생각을 떠올렸던 겁니다.

**베르제** 그러니까 상고르와 함께 파리에서 흑인 정체성을 발견하신 거군요. 오늘날에는 노예제도에서 파생된 흑인 경험의 '대륙 횡단성' transcontinentalité에 대한 많은 연구가 있습니다. 많은 대륙, 따라서 많은 문화가 아프리카 문화의 영향을 받았다는 것입니다. 선생님께서 이 사실에 대해 많은 말씀을 하셨던 것으로 기억합니다. 그때부터 선생님의 문학관에 커다란 변화가 있었는지요?

**세제르** 마르티니크 출신 시인들의 작품을 읽는 것, 그것은 12세까지 손가락으로 셈을 하는 것과 같은 것입니다. 그렇게 해서 12음절 시

형식인 알렉상드랭alexandrin을 알게 되는 것이죠. 그들은 알렉상드랭으로 아주 멋진 시를 썼습니다. 이른바 **두두이즘**doudouisme[4]이 그것입니다. 초현실주의는 정확히 이와 같은 문학에 대한 거부를 표명했습니다. 초현실주의 운동은 우리의 관심을 끌었습니다. 이 운동을 통해 이성과 인공 문명과 결별할 수 있게 되었고, 또 인간의 내면의 힘에 호소할 수 있는 길이 열렸기 때문입니다. "레오폴, 알겠는가? 세상은 그대로일세. 자네는 옷을 입고, 양복을 입고, 살롱에 가곤 하지. '부인, 인사드립니다.' 하지만 이 모든 것에 흑인은 어디에 있는가? 거기엔 흑인이 없네. 하지만 흑인은 자네 안에 있네. 마음속 더 깊이 패인 곳에 말일세. 자네는 자네 안 더 깊은 곳에서 그걸 발견할 걸세. 문명의 모든 층위 너머에 있는 '근본적인' 흑인을 말일세. 알겠는가? **근본적인 걸세.**" 정확이 이것이 내가 문학을 통해 표현하려 했던 겁니다. 알렉상드랭으로 된 모든 문학을 이미 극복한 거죠. 그들은 그들의 문학을, 우리는 그들과는 다른 문학을 했던 겁니다. 왜냐하면 우리는 흑인이었으니까요. 우리 내부에 있는 흑인을 발견하는 것이 문제였던 겁니다.

우리는 원주민 문학, 민중 설화 등에 관심을 가졌습니다. 우리의 이론, 우리의 은밀한 생각은 다음과 같은 것이었습니다. "나는 흑인

---

4 [옮긴이] 프랑스 문학의 한 경향으로, 주로 앙티이에서 유행했다. 섬 지역의 고유한 분위기를 표현하기 위해 이국주의적 색채가 강한 언어를 사용했다. 그러면서도 프랑스 독자들이 만족할 만한 수준의 언어로 문학 작품을 생산해 냈다.

이다. 나는 흑인으로 남을 것이다." 이 생각에는 아프리카의 특수성이라는 생각과 흑인의 고유성이라는 생각이 포함되어 있었죠. 하지만 상고르와 나는 흑인 인종주의에 빠지지 않기 위해 경계를 늦추지 않았어요. 나는 나 나름대로의 인격을 갖게 되었고, 해서 백인을 존중했습니다. 물론 상호 존중이어야 하겠지만요.

이와 같은 자기의식은 '나는 누구인가?'라는 물음에서 비롯된 것이었습니다. 유럽 문명은 다음과 같은 하나의 이론을 정립하게 되었지요. 유럽에 동화해야 한다는 것이 그것입니다. 하지만 아닙니다. 우선은 자기 자신이 되어야 합니다. 이것이 내가 가진 관점이었습니다. 그리고 이로 인해 마르티니크 사람들은 커다란 충격을 받게 됩니다. 아주 옷을 잘 입고, 아주 속물근성에 젖어 있던 한 젊은 사람이 내게 와서 손을 내밀며 이렇게 말했던 것을 기억합니다. "세제르 씨, 난 당신을 좋아하고, 당신이 한 행동을 아주 좋아합니다. 하지만 한 가지는 비난합니다. 왜 당신은 자꾸 아프리카를 입에 담습니까? 우리는 그들과 아무런 공통점도 가지고 있지 않아요. 그들은 원시인이고 우리는 그들과 다릅니다." 하지만 그 젊은 사람은 피부색이 나보다도 더 '밤색'이었습니다. 그러니까 그 작자는 상당할 정도로 인종적 위계질서에 빠져 있었던 것이죠. 내가 보기에 동화는 소외이고, 이는 가장 중차대한 것입니다.

두 부류의 마르티니크가 있습니다. 한편에는 '문명'의 마르티니크, **크레올**, 봉건성, 프티부르주아들——흑인이든 혼혈이든 간에——의 마르티니크가 있습니다. 그 맞은편에는 다른 마르티니크가 있습니다. 시골에서 괭이를 들고 밭을 가는 농부, 가축을 몰고 북을 치며 럼주를 바가지로 퍼마셔 대는 농부의 마르티니크가 있습니다. 이 마르티니크가 다른 마르티니크보다 더 진정하다는 것은 말할 나위가 없겠죠.

**베르제** 이와 같은 두 부류의 마르티니크가 종종 언급하신 마르티니크적 불안 속에서 어떤 역할을 하는지요? 이 불안의 의미는 어떤 것입니까?

**세제르** 네, 그것이 분명 있습니다. 내 생각으론 그것에 대해 아무것도 할 수 없습니다. 우리는 그렇게 태어난 겁니다. 실제로 마르티니크적 불안이 있습니다. 앙티이적 불안이 있습니다. 이건 쉽게 이해가됩니다. 한 흑인이 아프리카에서 납치되어 노예선 바닥에 실려 묶인 채 얻어터지고 모욕을 당하면서 대륙으로 이송되었다고 생각해 봅시다. 사람들이 그의 얼굴에 침을 뱉었다고 합시다. 이 모든 것이 그에게 아무런 흔적을 남기지 않을까요? 이 모든 것이 내게 커다란 영향을 주었다고 생각합니다. 개인적으로 나는 이런 일을 겪은 적이 없습니다만, 그건 별로 중요하지 않습니다. 그러한 역사가 분명 무겁게 작용하는 것입니다.

**베르제** 어떻게 하면 그러한 불안에서 빠져나올 수 있을까요?

**세제르** 사유·정치·타자에 대한 관심을 통해서입니다. 다른 사람들이 우리를 이해해야 할 필요가 있습니다. 유럽인이나 미국인의 인종차별주의는 많은 도움이 되지 않습니다. 우리가 인간들, 따라서 서로 유대 관계에 있는 형제들의 문제에 관련되어 있다는 의식을 가지고 행동할 필요가 있는 겁니다. 그러한 인간들을 도울 줄 알아야 하고, 또 그들을 돕기 위해서는 그들을 이해해야 할 필요가 있습니다.

**베르제** 제2차 세계대전 후 식민화된 세계에서 공산주의는 굉장한 매력을 풍겼습니다. 인종차별적인 이데올로기가 아니라 민족들 사이의 유대 관계를 강조했기 때문입니다. 선생님께서 프랑스 공산당에 가입하신 것도 그 때문이었는지요?

**세제르** 내게 공산주의는 중요했습니다. 그건 일종의 진보였습니다. 하지만 공산주의는 곧바로 많은 결점을 노정시키면서 하나의 종교가 되어 버렸습니다. 공산당 내부에서 나는 결코 편안함을 느끼지 못했습니다. '그들'과 '우리'가 나뉘어 있었습니다. 그들은 프랑스인이었고, 그들의 권리를 행사하고 있었습니다. 반면 나는 흑인이라고 느꼈고, 그들은 나를 완전히 이해하지 못했습니다. 우리를 프랑스 공산당의 당원으로 여긴 것은 아주 커다란 실수였습니다. 우리는 마르티니크 공산당 당원일 뿐이었습니다. 우리는 프랑스 공산당에 협력하고 유대 관계를 맺어야 했습니다. 하지만 파비앵Fabien 대령[5]을 무조건 따르는 것이 중요한 것은 아니었습니다.

내가 잘 알았던 공산주의에서 충격을 받은 것은 교리주의와 이중의 파당주의, 그리고 거기에서 연유한 권위적인 방법들 때문이었습니다. 당원들은 결코 자기 반성을 한 적이 없었으며, 자신에 대해 의문을 던진 적이 없었습니다. 나는 조심하면서 거리를 두고 있었습니다. 물론 내가 소극적이었던 것은 사실입니다. 그렇다고 남들이 내게 아무 말이나 지껄이는 것을 용납한 것은 아니었습니다.

**베르제**  선생님께서는 프랑스가 차이를 인정하는 데 겪는 어려움을 종종 언급하셨습니다. 선생님의 친구인 미셸 레리스는 『마르티니크와 과들루프에서 문명들의 접촉』*Contacts de civilisations en Martinique et en Guadeloupe*(1955)이라는 저서를 통해 프랑스 공무원들의 어쩔 수 없는 인종차별주의에 대해 논했습니다. 좋은 의도를 가지고 있는 자들도 어쩔 수 없이 '우월한 태도'를 지닌다는 것입니다. 선생님께서는 이러한 태도가 변했다고 생각하시는지요? 이와 같은 어려움에 대해서는 어떻게 생각하시는지요?

**세제르**  프랑스는 할 수 있는 일을 하고 있습니다. 어려운 고비를 넘고 있는 것이죠. 프랑스는 자국에 관련된 문제들에서 자유롭지 못합니다. 프랑스는 그런 문제들에서 완전히 벗어나고자 합니다. 유럽의 각

---

5  [옮긴이] 파비앵 또는 프레도(Frédo) 대령으로 불렸던 피에르 조르주(Pierre Georges, 1919~1944)는 프랑스 공산당 당원이자 레지스탕스 대원이었다.

민족은 고유한 역사를 가지고 있습니다. 그리고 프랑스 역시 자국의 역사를 통해 지금의 프랑스적 정신을 구축하고 있습니다. 영국인들을 보십시오. 그들 역시 그들 나름의 정신을 가지고 있습니다. 도미니카공화국 사람들, 트리니다드 사람들이나 바하마 군도 사람들에게 물어보세요. "어느 나라 사람이야?" "나는 트리니다드 사람이야. 나는 도미니카 사람이야." 이렇게 답할 겁니다. 반면 앙티이 사람들에게 물어보십시오. "어느 나라 사람이야?" "난 프랑스인이야." 이렇게 대답할 겁니다. 영국령 앙티이 사람들은 자신이 영국인이라고 말하지 않을 겁니다. **왜냐하면 그 누구도 영국인이 될 수 없기 때문입니다.** '영국에서' 태어나지 않은 이상 누구도 영국인이 될 수 없는 겁니다. 영국 사람들에게는 인종차별주의가 인간이라는 개념과 타인에 대한 존중과 공존합니다. 그로 인해 영국령 식민지에서는 프랑스령 식민지에서보다 동화 현상이 덜 나타나게 됩니다. 프랑스인은 보편적인 것을 믿습니다. 그들에게는 단 하나의 문명만이 존재합니다. 프랑스적 문명이 그것입니다. 우리는 그들과 함께 이 문명을 신뢰했죠. 하지만 이 문명에서 우리는 원시성과 야만성을 발견하기도 합니다. 이와 같은 틈새는 프랑스의 19세기에 공통된 요소입니다. 독일인들과 영국인들은 프랑스인들에 앞서 **단 하나의 문명**이란 존재하지 않는다는 사실을 잘 이해했습니다. 이와는 달리 **여러 문명들**이 있는 것이죠. 유럽 문명, 아프리카 문명, 아시아 문명 등이 있는 겁니다. 그리고 이와 같은 모든 문명이 고유한 문화들을 만들어 내는 겁니다. 달리 말해 프랑스는 이런 관점에서 보면 아주 많이 낙후되어 있습니다.

현재 프랑스는 문화적 차이에 직면해 있는 것 같습니다. 하지만 역사를 통해 어쩔 수 없이 그렇게 되는 겁니다. 프랑스는 오랫동안 이렇게 말하는 데 익숙해져 있었습니다. "알제리는 프랑스에 속한다." 하지만 이건 사실이 아닙니다. 역사가 보여 주듯이 프랑스인들은 한때 알제리 문제와 아프리카 문제에 봉착했지요. 결국 역사를 통해 사태가 변화하게 되었던 것이죠. 물론 우리는 이러한 모든 것의 전조를 느꼈던 것이고요.

마르티니크 지역을 위해 나는 독립권을 주장합니다. 그렇다고 반드시 독립은 아닙니다. 왜냐하면 마르티니크 주민들은 독립을 결코 원하지 않기 때문입니다. 그들은 자신이 독립을 위한 수단이나 재정을 보유하고 있지 못하다는 사실을 잘 알고 있습니다. 하지만 그들이 그런 시도를 할 수는 있는 거죠. 우리가 독립된 것은 아닙니다. 하지만 우리가 **독립권**을 가지지 못한 것은 아닙니다. 이것은 필요하다면 우리가 독립 쟁취를 할 수도 있다는 것을 의미합니다. 물론 우리가 특수성을 가진 것은 사실입니다. 그렇다고 해서 이것이 프랑스와 마르티니크가 우방이 되는 것을 방해하지는 못합니다. 프랑스와 우리 사이에는 오랜 유대 관계가 있습니다. 그것을 깨야 할 이유가 있을까요? 나는 마르티니크 사람입니다. 하지만 나는 프랑스를 좋아하고, 현재 있는 그대로의 모습을 좋아합니다. 우리는 돈독한 관계를 맺고 있습니다만, 나는 여전히 마르티니크 사람입니다. 이것이 바로 내가 문명주의에 대해 가하는 비판입니다. 내가 타자가 될 수는 없는 것입니다. 너는 너이고, 나는 나인 것입니다. 너는 너의 인격이 있고,

나는 나의 인격이 있고, 따라서 우리는 서로 존중하고 서로 도와야 하는 것이죠.

우선 유럽에서 유럽인들 사이에 어떤 관계가 정립되고 있는지를 물어야 할 겁니다. 유럽을 자세히 들여다보면 문제가 쉽지 않다는 걸 알 수 있습니다……. 프랑스인들과 영국인들은 별로 문제가 없지요. 하지만 세르비아인들과 불가리아인들은…….

마르티니크 사람들에게는 일자리를 제공해 주어야 합니다. 그도 그럴 것이 이들이 뭔가를 생산해 내야 하기 때문입니다. 마르티니크는 단지 원조에만 익숙해져서는 안 될 것입니다. 현재 우리는 원조에 익숙해져 있습니다. 우리는 아무것도 가진 게 없습니다. 일자리 문제는 중요합니다. 많은 마르티니크 사람이 급진적인 지방 분권화를 우려하고 있습니다. 급진적인 지방 분권화가 되면 모든 공공 서비스가 마르티니크인들, 지방 의회의 책임에 귀속되게 됩니다. 그 결과는 끔찍할 것입니다! 마르티니크가 모든 공공 서비스의 책임을 맡는다! 그러면 모든 공무원의 봉급을 지불해야 할 것입니다. 그런데 마르티니크는 이 섬에서 일하고 있는 공무원의 삼분의 일에게만 봉급을 지불할 수 있을 뿐입니다. 달리 말하자면 한 달 만에 곳곳에서 반항과 혁명이 발발하게 될 겁니다.

하지만 우리는 다음과 같이 말하면서 시간을 보낼 수는 없는 노릇입니다. "모든 책임이 프랑스에 있다." 우리는 우선 우리 스스로가 책임을 져야 할 것입니다. 일을 해야 할 것이고, 조직을 구성해야 할 것이며, 이 지역과 우리 자신에 대한 의무를 져야 할 것입니다. 이를 위해 극복하지 못할 장애물은 없다고 생각합니다. 단지 문제는 항상 '흑인주의', 특히 계급적인 성향의 '흑인주의'가 있다는 겁니다. 아이티의 예를 들어 보죠. 그들 혁명의 결말은 어땠습니까? 극소수의 사람만이 혁명의 반사이익을 취하지 않았습니까? 다른 사람들은……. 이것이 바로 아주 인간적인 이기주의, 개별주의, 파당, 당파, '친인척주의' 경향의 표시입니다. 그런데 밖으로 향하는 것, 지평선을 넓힐 필요성이 제기됩니다.

**베르제** 2006년 3월 19일이 되면 노예제도에서 해방된 네 곳의 식민지(과들루프, 기아나, 마르티니크, 라레위니옹)가 프랑스의 도道가 된 지 60주년이 됩니다. 선생님께서는 이 법안의 취지 설명자였습니다. 선생님은 많은 비판을 받았습니다. 이 지역 출신 다른 정치인들과 마찬가지로요. 동화와 종속을 유리하게 했다는 이유에서였지요. 비록 이것이 선생님의 원뜻은 아니었다고 해도 불가피하게 그러한 방향으로 흘러갈 수도 있었죠. 선생님께서 프랑스에 대해 과도한 신뢰를 표명하신 것은 아닐런지요?

**세제르** 과거 상황이 어떠했지요? 총체적인 빈곤이었습니다. 사탕수수 산업의 폐허, 농촌의 공동화空洞化, 포르드프랑스로의 인구 대이동, 그리고 아무 데나 정착하면서 발생한 무단 건축 등입니다. 뭘 할 수 있었을까요? 경찰서에서는 단 한 가지 생각밖에 없었습니다. 경찰을 파견하는 것이었습니다. 그런데 우리는 그 사람들에게 관심을 갖기로 마음을 먹은 겁니다. 지식인으로서 나는 다양한 생각과 욕구를 가진 자들, 다양한 고통을 겪은 자들에 의해 임명되었던 것입니다. 마르티니크 사람들은 이데올로기에 대해서는 별다른 관심이 없었습니다. 그들은 오직 사회 변화와 기아의 종식을 원했습니다.

　　정부의 공식적인 주장은 다음과 같았습니다. "당신들은 프랑스인이다." 해서 이렇게 주장했습니다. 우리가 프랑스인이라면 우리에게 프랑스인에 해당하는 봉급을 달라, 우리에게 프랑스인에 해당하는 보조금을 달라 등등. 이와 같은 논리에 그들이 어떻게 맞설 수 있었겠습니까? 우리는 베르제 및 지라르[6]와 더불어 이 지역을 프랑스의 도로 승격하는 문제에 대해 뜻을 같이했습니다. '동화'라는 표현이 아니라 '도화'道化; départementalisation라는 표현을 내가 제일 먼저 사용했던 것 같습니다. 비록 한 세기 전부터 이곳의 시골 지역들이 동화에 유리한 쪽으로 유도되고 있었어도 말입니다.

　　이 법안은 그 어느 때보다도 인기가 있었습니다. 완전히 프랑스인이 되어 우리는 가족 보조금, 유급 휴가 등의 혜택을 받을 수 있게 될 것이었습니다. 공무원들은 사회보장에 더 관심을 가졌습니다. 이 법안을 제출하면서 나는 이와 같은 조치들을 목적으로 삼았습니다. 하지만 기이하게도 정부와 심지어는 백인들 사이에서 망설임이 있

---

6　레몽 베르제와 로장 지라르(Rosan Girard)는 각각 라레위니옹과 과들루프의 국회의원을 지냈다. 이들은 에메 세제르와 함께 식민지 네 곳의 식민 상태에 종지부를 찍는 법안을 옹호했다.

었습니다! 우리가 유럽인이 되고자 했던 겁니다. 그런데 그들은 우리의 요구에 대한 자신의 거부를 어떻게 정당화할 건지를 알지 못했습니다. 가능한 한 그들은 저항했지요. 마음에 없으면서도 사안에 따라서 말입니다. 그러다가 그들은 마지못해 양보하게 되었습니다. 하지만 우리는 구체적인 결과를 얻기까지 10년을 기다려야 했습니다.

나는 위원회의 법안 취지 설명자였습니다. 머릿속에 다음과 같은 생각을 가지고 있었습니다. "우리 섬의 주민들이 거기에 있다. 그들은 외치고 있다. 그들은 평화·음식·옷 등을 필요로 한다. 이런 상황에서 내가 복잡한 생각을 해야 하는가? 아니다." 그렇습니다. 게다가 나는 이렇게 생각했습니다. "이것으로 다급한 문제가 해결될 것이다. 하지만 이번에 성공하지 못하면 언젠가는 마르티니크 사람들도, 과들루프 사람들도, 기아나 사람들도, 앙티이 사람들도 전혀 생각하지 못한 문제가 격렬하게 제기될 것이다. '정체성 문제'가 그것이다." '자유·평등·박애', 프랑스 본국인들은 이 세 종류의 가치를 항상 권장할 겁니다. 하지만 언젠가 그들은 정체성 문제가 제기되는 것을 보게 될 겁니다. 어디에 박애가 있습니까? 왜 사람들은 이 박애를 경험하지 못합니까? 그것은 바로 프랑스가 정체성의 문제를 이해하지 못했기 때문입니다. '만약 네가 모든 권리를 가진 인간, 다른 사람들의 존중을 받아야 할 인간이라면, 나 역시 한 명의 인간이고, 나역시 모든 권리를 가지고 있다. 그러니 나를 존중해 주기 바란다. 그순간에 우리는 형제가 되는 것이다. 서로 포용하자. 그것이 바로 박애이다.'

**베르제** 2001년 5월에 프랑스 국회[7]에서 만장일치로 노예무역과 노예제도가 '인류에 반하는 범죄'임을 선언하는 법안이 가결되었습니다. 그 이후로 몇몇 단체는 배상을 요구하고 나섰습니다. 물론 이와 같은 논의는 새로운 것이 아닙니다. 제가 단언할 수 있는 것은 다음과 같은 점들입니다. 즉 '진실과 화해 위원회'에서 토론이 진행될 때 식민지에서 자행된 폭력에 관련된 '진실'의 문제가 단순하지만은 않았다는 점과 '배상'réparation이라는 표현이 종종 정치와는 동떨어진 연설에서 제자리를 벗어났고, 또한 가해자와 희생자를 고착시키는 도덕주의에 매달리게 되었다는 점이 그것입니다.

**세제르** 실제로 그 문제로 사람들이 나를 보러 왔습니다. 배상 문제에 대해 말하자 나는 이렇게 대답했습니다. "내 말 잘 들으시오. 가능하다면 그렇게 하시오. 일이 잘 풀리면 그만큼 좋은 것이오. 하지만 나는 이 일이 억지라고 생각합니다." 배상 문제는 너무 쉬울 수도 있을 겁니다. "자, 너는 노예였지. 여러 해 동안 말이야. 오래전부터. 그러니 그 햇수만큼 곱하지. 여기 배상금이 있어." 그러고 나면 끝날 겁니다. 하지만 내가 보기에 노예와 식민지 경험은 결코 그걸로 끝나지 않을 겁니다. 그건 배상 불가능한 겁니다. 그건 사실이고, 역사입니다. 나는 그것에 대해 아무것도 할 수 없습니다.

---

7 노예무역과 노예제도를 '인류에 반하는 범죄'로 선언하고 있는 이 법안은 2001년 5월 10일 프랑스 국회에서 만장일치로 가결되었다.

배상, 그것은 해석의 문제입니다. 나는 서양인들을 충분히 알고 있습니다. "자, 친구, 얼마지? 노예무역의 대가로 반을 주지. 좋아? 자, 여기에 있다." 그러고 나서 모든 일이 마무리됩니다. 그들은 배상을 한 겁니다. 그런데 내 생각에 따르면 그건 결코 배상이 불가능한 것입니다. '배상'이라는 말이 마음에 들지 않습니다. 이 말에는 '수선'修繕이 가능하다는 생각이 포함되어 있습니다. 서양은 뭔가를 해야 합니다. 개방 중이거나 다시 태어나는 중인 나라들을 도와야 합니다. 이것은 우리가 당연히 받아야 할 도움이라고 생각합니다. 하지만 나는 배상을 위해 제시해야 할 계산서가 있다고는 생각하지 않습니다. 이건 도움이지 계약이 아닙니다. 그것도 순전히 도덕적인 도움인 것입니다. 우리를 돕는 일은 서구 국가들의 의무에 속한다는 것이 내 생각입니다.

반복하건대 내가 보기에 노예제도와 식민지 피해는 배상이 불가능합니다. 수많은 악행에 희생된 민족들을 돕는 것은 당연하고도 명백한 결론입니다. 나는 이와 같은 방식으로 추론하지 결코 배상 차원에서 추론하지 않습니다. 그렇지 않다면 적용되는 논리는 다음과 같은 것이 될 겁니다. "좋다. 동의한다." 그러고 나서 "이제 꺼져 버려. 네 몫은 받았잖아" 혹은 "이 여자의 할아버지가 내 가족을 팔아 먹었잖아. 자, 직접 처단해야지……".

유럽인들은 18세기에 다음과 같은 한 가지 사실을 알아차렸습니다. 그들은 한 종류의 부에 대단히 집착했는데, 그건 바로 사람이었습니다. 그들은 한 가지 새로운 부의 원천을 고안하게 되었습니다.

그들은 어쨌든 아프리카인들이 자기들에게 사람을 팔 것이라는 사실을 확신하게 됩니다. 추잡하고 구역질 나는 거래였습니다. 거기에 무슨 배상이 가능하겠습니까? 적당한 표현을 찾아야 합니다. 그렇습니다. 하지만 그것이 '배상'이건 다른 것이건 간에 제일 중요한 건 아닙니다. 나는 아프리카가 **도덕적으로** 배상에 대한 권리를 가지고 있다고 생각하고 있습니다. 다른 표현을 사용하도록 합시다. 우리 스스로를 두세 세기 전에 저질러진 죄에 대한 배상을 요구하는 거지 무리로 여기지 맙시다. 그렇습니다, 사람들은 내가 배상에 반대한다고 생각할 겁니다. 그렇다면 그건 전혀 쓸데없는 또 하나의 논쟁이 될 겁니다.

내 생각으론 유럽인들은 우리에게 의무를 지고 있습니다. 모든 불행한 사람에게 그런 것처럼 말입니다. 하지만 그들이 원인을 제공했던 여러 가지 악행 때문에 더욱더 우리에게 큰 의무를 지고 있습니다. 이러한 사실에 대한 인정, 이것이 바로 내가 배상이라고 부르는 것입니다. 이 표현이 그다지 적합하지 않기는 합니다. 내 생각으로 인간은 인간을 도와야 합니다. 인간은 어떤 면에서는 타인의 불행에 대해 일정 부분 책임이 있기 때문에 더욱 그러합니다. 나는 이걸 소송, 고소 행위, 보고, 손해 등으로 변형시키는 것을 원하지 않습니다. 얼마냐고요? 아주 많은 액수가 제시되었겠지요……. 하지만 이건 그들에게 유리한 개입일 겁니다. 지불해야 될 계산서가 있고, 이어서 지불하면 끝나게 되는 겁니다……. 아닙니다, 과거의 아픈 경험은 결코 그러한 방식으로 해결되는 것이 아닙니다. 나는 상업적인 표현보다는 도덕적인 표현으로 생각하고자 합니다.

희생에서 벗어나는 것은 중요합니다. 이것은 그리 쉬운 일이 아닙니다. 우리가 받았던 교육과 그로부터 파생되는 세계관이 바로 우리의 무책임의 원인일 수 있습니다. 과연 우리는 우리 자신에 대해 전혀 책임이 없는 걸까요? 우리는 항상 이미 식민화되었고 노예였습니다. 그로부터 강한 흔적이 남았습니다. 당신은 학교에 다녔고, 프랑스어를 배웠고, 당신 모국어를 잊어버렸습니다, 등등. 크레올어를 쓰기 시작했을 때, 이 언어를 가르치기로 결정했을 때, 주민들은 그다지 기뻐하지 않았습니다. 나는 가끔 학교를 방문했습니다. 그 기회에 어른들과 아이들을 만났고, 그들과의 만남을 소중하게 생각했습니다. 최근 나는 한 부인을 만나서 이렇게 물었습니다. "부인, 아이를 학교에 맡기셨죠. 아주 흥미로운 조치가 취해졌다는 것을 알고 계신가요? 학교에서 크레올어를 가르치게 되었습니다. 만족하십니까?" 부인은 내게 이렇게 답했습니다. "제가 만족하느냐고요? 아닙니다. '제가 아이를 학교에 보내는 것은',[8] 아이에게 크레올어가 아니라 프랑스어를 가르쳐 달라는 것입니다. 크레올어는 제가 직접 집에서 아이에게 가르칩니다. 우리 집에서요." 이 부인의 생각에 나는 충격을 받았습니다. 거기에 일말의 진리가 있었던 것입니다. 우리는 이렇기도 하고 저렇기도 한 아주 복잡한 인간입니다. 우리 자신의 일부를 싹둑 잘라 버릴 수는 없는 노릇입니다.

---

8  [옮긴이] 이 부분은 크레올어로 표기되어 있다(si mwen ka vouyé ick mwen lékol).

**베르제** 동화라는 주제로 다시 돌아오겠습니다. 1957년에 마르티니크 진보당을 창당했을 때 선생님께서는 자주autonomie를 기치로 내세우셨습니다. 이 기치하에 프랑스의 네 개 해외도 좌파 정당 연합이 조직되었고, 이 연합은 '모른루주 협정'Conveution du Morne Rouge[9]에서 절정의 세력을 과시하게 됩니다. 기억을 더듬어 보죠. 1971년 8월 16~18일에 이 연합에 관여했던 라레위니옹, 기아나, 과들루프, 마르티니크의 정당들과 단체들은 다음과 같은 내용을 장엄하게 선언하게 됩니다. "라레위니옹, 기아나, 과들루프, 마르티니크 등 네 곳의 해외도 주민들은 그들의 지리적 환경, 역사적 발전, 인종적 구성, 문화적·경제적 이해관계라는 면에서 민족적 실체를 형성하고 있으며, 또한 그들의 의식 속에서 이 실체의 실제 모습을 다양하게 느끼고 있는 바이다. 따라서 누구도 그 어떤 사법적 처리를 통해서도 그들을 마음대로 처분하지 못할 것이다. 민주적으로 그리고 주권적으로 그들의 운명을 결정짓는 것은 바로 그들 자신이다." 선생님이 소속된 당은 이 협정에 조인을 했습니다. 이와 같은 입장 표명으로 인해 프랑스 정부로부터의 아주 강한 저항을 야기했는데요. 프랑스 정부는 1963년에 자국 영토에 하나의 칙령을 적용했습니다. 그 내용은 알제리 민족 해방 투쟁을 지지하는 공무원들을 발본색원해서 처벌한다는 것이었습니다. 많은 공무원이 이 칙령(이른바 '드브레 칙령'

---

9 [옮긴이] 1971년 8월 16~18일에 마르티니크에 있는 모른루주에서 체결된 정치 협정으로, 프랑스의 네 해외도 공산당이 단합한다는 내용을 담고 있다.

Ordonnance Debré)[10]으로 인해 프랑스 본국으로 쫓겨났습니다. 오늘날 선생님께서는 동화·자주·독립의 요구에 대해 어떤 생각을 가지고 계신지요?

**세제르** 여기에 하나의 주장이 있습니다. 동화입니다. 그 반대편에 다른 하나의 주장이 있습니다. 독립입니다. 정반합입니다. 이 두 주장을 지양止揚하면 곧 더 광범위하고, 더 인간적이고, 우리의 이해관계에 더 적합한 하나의 주장에 이르게 됩니다. 나는 동화주의자가 아닙니다. 내 조상들이 골족에 속하지 않기 때문입니다. 나는 독립주의자입니다. 모든 마르티니크 사람처럼 나는 독립을 생각합니다. 하지만 그들이 독립을 진심으로 바라야 할 필요가 있습니다. 그들에 의하면 독립은 지금 당장 그들을 위한 것이 아니라 다른 사람들을 위한 것입니다. 그런데 내가 보기에 필요한 것은 동화도 독립도 아닙니다. 정말로 필요한 것은 자주입니다. 다시 말해 마르티니크 섬 고유의 특수성, 고유한 제도, 고유한 이상理想을 갖는 것입니다. 물론 프랑스에 속하면서 말입니다.

　'중간에 있는 것'이 그다지 편리한 것이 아니라는 사실은 말할 필요도 없을 겁니다. 그러면 오른쪽, 왼쪽, 모든 방향에서 공격을 받게 됩니다. 나는 그런 공격을 받았습니다. 앙티이 사람이 되는 것은

---

10　[옮긴이] 미셸 드브레(Michel Debré, 1912~1996)는 프랑스 수상을 역임한 정치인으로, 1960년 10월 15일에 이 칙령을 제정했다.

쉬운 일이 아닙니다. 라레위니옹 사람이 되는 것도 쉽지 않을 것입니다. 하지만 상황은 우리가 용기를 가지고, 위엄을 가지고, 또 필요하다면 자부심을 가지고 맞서야 할 그런 상황입니다.

나는 우리의 문제를 문화적·사회적 차원에서 제기했습니다. 하지만 개인적인 견해로는 오늘날 우리의 주된 약점은 경제입니다. 앙티이 경제는 기근과 불평등을 낳고 있습니다. 물론 경제가 돌아가긴 합니다. 하지만 현재 상태는 어떻습니까? 현재 우리는 아무것도 제대로 생산해 내지 못하고 있습니다. 하지만 소비는 점차 늘어나고 있는 추세입니다. 이것이 바로 본국을 그냥 도와주는 상황인 겁니다. 그러한 상태에서 하루속히 벗어나야 합니다.

**베르제** 『식민주의에 대한 담론』에서 선생님께서는 주저하지 않고 "유럽은 변호의 여지가 없다", "도덕적으로, 정신적으로 변호의 여지가 없다"고 쓰셨습니다. 그리고 조금 뒤에서는 식민주의가 "대륙의 야만화"에 기여했다고 쓰셨습니다. 조금 길지만 인용해 보겠습니다. 그리고 이 부분을 왜 인용했는지 그 이유를 설명해 드리겠습니다. "[나치주의는] 야만이라는 진실을 숨긴 채, 그 어떤 일상의 야만보다도 더 악랄한 야만 중의 야만이라는 진실을 숨긴 채. 나치주의, 그렇다. 그들은 나치의 피해자이기 이전에 공범자다. 나치의 가해가 자신들에게 현실화되기 전까지는 그것을 묵인했으므로. 그것에 면죄부를 부여하고 양심의 눈을 감아 버렸으며 합리화하기까지 했으므로. 왜냐하면 그때까지만 해도 나치주의를 비유럽인들에게만 해당하는 것으로 치부했으므로."[11] 선생님께서는 이와 같은 주장이 상당히 논란의 여지가 많다고 생각하고 계십니다. 하지만 제가 알고 싶은 것은 "유럽의 병"으로서의 식민주의에 대한 선생님의 분석입니다. 저를 포함한 많은 연구자는 식민지와 본국 사이의 관계를 탐구합니다. 다시 말해 이들은 식민지와 본국 사이의 확고한 경계라는 생각을 받아들이기보다는 오히려 그 사이의 교환·부채·왜곡·한계 등을 찾고 있습니다.

**세제르** 식민지 정신은 존재합니다. 유럽인들은 아프리카인들에게 복지를 가져다주었다고 확신합니다. 그 이후에 비로소 아메리카식의 난폭함과 수탈을 알게 되었다는 것이지요. 하지만 서구인만이 이와 같은 충동을 가지고 있는 것이 아닙니다. 러시아인들도 그랬습니다. 오늘날에도 위험은 도처에 있습니다. 내일 우리는 수백만의 중국인이 있다는 것을 알게 될 겁니다. 이것이 역사입니다. 중국은 세계에서 가장 강한 나라가 될 것입니다.

그다음으로 인간이 있습니다. 많은 것을 알고 있지만 힘의 의지도 가지고 있는 인간 말입니다. 수많은 체계가 이 의지 위에 세워졌습니다. 각자가 자신의 폭력성을 다스려야 하는 것과 마찬가지로, 국가 역시 타국을 점령하고 복속시키려는 욕망을 다스려야 합니다. 인

---

11  Césaire, *Discours sur le colonialisme*, Paris, Présence Africaine(1955), 2004, p. 13[『식민주의에 대한 담론』, 이석호 옮김, 그린비, 2011, 13쪽].

간은 늘 이렇습니다. 그는 세상에 태어나고, 곧바로 삶이란 웃기는 선물이라는 것을 알게 됩니다. 종교가 어떻게 태어났습니까? 한 명의 인간을 상상해 보십시오. '오 바다! 오 태양!' 이러저러한 것들로부터 보호를 받기 위해 신의 도움을 찾는 것, 이것이 바로 종교의 시작입니다. 위험이 있을 때마다, 위협이 있을 때마다 인간은 신을 만들어 내는 법입니다. 인간이 약점을 가지고 있다는 생각, 그를 초월하는 힘, 특히 자연의 힘에 맞서 보호책을 강구해야 한다는 것, 이것이 바로 우리가 잘 이해해야 하는 것입니다. 우리는 자연의 힘과 우리 자신에 맞서 투쟁을 전개하고 있습니다. 이 싸움에서 우리가 완전한 승리를 거둔 것이 아닙니다. 우리가 가지고 있는 폭력적 성향에 맞선 투쟁, 그리고 집단 투쟁은 서로 동행하며, 하나가 다른 하나에 항상 영향을 주고 있습니다.

**베르제** 지금까지 대담 중에 선생님의 정치 활동에 대해서 많은 이야기를 나누었습니다만, 선생님께서는 무엇보다도 자신을 시인으로 소개하고 계십니다. 이 두 활동을 어떻게 조화시키면서 영위하셨는지요?

**세제르** 그 두 활동을 연결시키기 위해 어떻게 했는지는 잘 모르겠습니다. 나 역시 놀라고 있습니다. 내가 성공했다고는 할 수 없겠죠. 최근에 프루스트식의 질문들에 답을 해달라는 부탁을 받은 적이 있습니다. 굉장한 질문들이었습니다! 아마 충실히 답을 하려면 한 권의 책, 결국 같은 얘기지만 한평생이 필요할 겁니다. 남자들에 대해 어떻게 생각하십니까? 여자들에 대해 어떻게 생각하십니까? 자기 자신에 대해 어떻게 생각하십니까? 자신의 성격에 대해서는 어떻게 생각하십니까? 등등. 사실을 말하자면 어떻게 대답해야 할지 모르겠습니다. 어쩌면 내가 쓴 시, 그 중에서도 가장 난해한 시에서 나 자신을 발견할 수 있을 것 같습니다……. 여러 해 동안, 감히 이렇게 말하자면, 내 작품을 읽고 또 읽으면서 영광스럽게 나를 찾아 준 당신이 아니라면 누가 그것을 발견할 수 있겠습니까? 내가 쓴 시에 내 대답이 들어 있을 겁니다. 시는 여전히 흥미롭습니다. 내가 쓴 시를 다시 읽는데, 좋습니다. 바로 거기에 내가 있습니다.

시는 인간을 그 자신에게 드러내 보여 줍니다. 나 자신의 가장 심오한 부분이 분명 나의 시 안에 있을 겁니다. 그도 그럴 것이 이 '나 자신'을 내가 알지 못하기 때문입니다. 이 부분을 내게 드러내 보여 주는 것이 바로 시입니다. 심지어는 시적 이미지 같은 역할을 합니다.

나는 신성한 상처를 산다[12]
나는 상상의 조상들을 산다

-----

12 [옮긴이] habiter 동사를 이렇게 번역했다. 이 동사는 원래 '~에 살다, 거주하다'의 의미를 가지고 있는데, 여기서는 이 시의 화자인 '나' 자신에게 "신성한 상처", "불치의 목마름" 등이 항상 따른다는 의미, 곧 그런 것들과 하나가 되어 구별되지 않는다는 의미인 것으로 보인다.

나는 어두운 복도를 산다

나는 긴 침묵을 산다

나는 불치의 목마름을 산다

나는 천 년의 여행을 산다

나는 삼백 년의 전쟁을 산다

나는 폐쇄된 종교를 산다

구근球根과 소구근 사이에서 나는 개척되지 않은 공간을 산다

나는 흐름 없는 현무암

파고 없는 용암을 산다

해안 절벽의 작은 계곡을 전속력으로 올라

모든 모스크를 불태우는

나는 부조리하게도 실패한 낙원의 판본인

이 아바타를 내 최고의 것으로 동반한다

──이것은 지옥보다 더 나쁘다──

나는 때때로 내 상처들 중의 하나를 산다

매번 나는 거처를 바꾼다

그러면 평화가 나를 두렵게 한다


불의 소용돌이

길 잃은 세계의 먼지에게는

아무짝에도 쓸모없는 멍게처럼

맑은 샘물의 화산을 내 상처에 뿜어 내면서

나는 말과 내 비밀스런 광물들을 양식으로 산다


따라서 나는 광활한 사유를 산다

하지만 대부분 내 가장 작은 생각 속에

칩거하는 것을 더 좋아한다

아니면 나는 마술 같은 표현들을 산다

최초의 유일한 말들을

나머지 모든 것은 잊은 채

나는 장애물을 산다

나는 해빙을 산다

나는 대재앙의 자락을 산다

나는 아주 빈번히 가장 말라 버린 샘을 산다

가장 뾰족한 봉우리의——구름들이 걸터앉는 곳의

나는 선인장의 후광을 산다

나는 가장 황량한 키 작은 가시나무의

가짜 젖꼭지에 들러붙은 염소 무리들을 산다

사실을 말하자면 나는 대륙사면과 심해의

정확한 내 주소를 더 이상 알지 못한다

나는 문어들의 구멍을 산다

나는 문어 구멍을 차지하려고 문어 한 마리와 싸운다


형제여 고집부리지 마시오

해조海藻의 뒤죽박죽

기생하는 새삼에 나를 걸어 놓거나

메꽃에 나를 펼쳐 놓으며

그것은 바로 하나

파도가 구르고

태양이 들러붙고

바람이 매질하고

원무圓舞는 내 허무虛無를 일구고


대기의 압력이 아니 오히려 역사적인 것이

내 죄악들을 엄청나게 크게 보이게 한다

비록 그것이 내가 한 어떤 말들을 사치스럽게 만들지라도.[13]


**베르제** 한 마르티니크 젊은이가 선생님께 그 자신이 누구인지를 알기 위해 뭘 읽어야 하느냐고 물어 온다면, 선생님께서는 어떤 충고를 주시겠습니까?


**세제르** 보편적 문화입니다. 모든 것이 우리의 관심을 끌 수 있습니다. 그리스어 작품들, 라틴어 작품들, 셰익스피어, 프랑스 고전, 낭만주

---

13 Césaire, "Calendrier laminaire", in *Moi, Laminaire*, in *Anthologie Poétique*, Paris, Imprimerie nationale, 1996, pp. 233~234.

의 작품 등등. 물론 각자의 개인적인 노력에 답이 있을 겁니다. 하지만 우리 중 누구도 보편적 문화의 가장자리에 있지 않습니다. 이 문화는 존재하고, 바로 여기에 있습니다. 이 문화를 통해 우리가 풍요로워질 수도 있고, 또 낙담할 수도 있습니다. 결국 각자 하기에 달려 있습니다.

**베르제** 선생님의 극작품에는 종종 반항자의 모습, 시간과 인간들에게 도전하는 프로메테우스적 인물이 등장합니다. 선생님께서는 이들에게서 선생님 자신의 모습을 보시는지요?

**세제르** 나는 분명 불평이 많은 사람으로 알려져 있습니다. 나는 그 어떤 것도 무조건적으로 받아들이지 않습니다. 수업 중에도 나는 늘 반항적이었습니다. 초등학교 시절의 한 장면이 떠오릅니다. 옆에 있는 친구에게 이렇게 물었어요. "뭘 읽니?" 그건 책이었습니다. "우리 조상들은, 골족들은 금발 머리와 파란 눈을 가졌다……." 나는 그에게 이렇게 말해 주었습니다. "이런 바보, 가서 거울이나 들여다봐라." 물론 철학적으로 농익은 것은 아니었습니다만, 어떤 것은 결코 받아들일 수 없었습니다. 내가 그것들을 받아들여야 할 때는 항상 마지못해 그렇게 했습니다.

　도저히 견딜 수 없는 상황에 대해 말할 때면 나는 우선 보잘것없는 식민지 생활을 머리에 떠올렸습니다. "총독 각하, 도지사님, 대령님, 장군님 등"의 표현이 그 좋은 예입니다. 살아가면서 내가 잘 견디지 못하는 것들이 있습니다. 우리가 그것들을 건드리려고 하는 것은 또 다른 문명을 탄생시키는 것이 시급하다고 느끼기 때문입니다. 이것은 나만의 독창적인 생각은 아니지만, 사실입니다. 또 다른 세계, 또 다른 태양, 또 다른 삶에 대한 구상이 필요한 것이지요. 이것이 바로 집단적 노력입니다. 내가 말하는 것에 새로운 것은 없습니다만, 최근에 많은 철학자가 꿈꿨던 것들이 완전한 실망으로 막을 내렸습니다. 마지막으로 꿈꿨던 것 중 하나가 바로 공산주의입니다……. 폭력의 두려움과 증오의 무서움, 인간에 대한 존중과 인간의 만개滿開를 단언할 수 있는 또 다른 새로운 세계를 찾아 다시 출발해야 합니다.

**베르제** 선생님은 여러 작품에서 아이티에 중요한 자리를 부여하셨습니다. 가령 선생님께서는 투생 루베르튀르에 대한 에세이도 쓰셨습니다. 일찍 아이티에 가셨는지요? 그곳과의 관계는 어떻게 이루어졌는지요?

**세제르** 처음 아이티에 갔을 때 난 아직 젊었습니다. 그곳에서 지식인들, 아주 뛰어난 지식인들을 만났어요. 하지만 그들은 진짜 속물이었습니다. 그 나라를 찾았을 때 나는 삽을 든 흑인들, 동물처럼 일하고 내게 강한 악센트가 섞인 크레올어로 말하며 아주 호감이 가는 흑인들을 보았습니다. 그들은 프랑스어를 이해하지 못했습니다. 그들에게는 아주 진실된 부분이 있었어요. 하지만 그들의 모습이 아주 감동적인 것은 아니었습니다. 지식인들과 이들 농민을 한데 어울리게 하려면, 그들의 진짜 융합을 실현하려면 뭘 어떻게 해야 했을까요? 농민들이 옳다고 말하면 지나친 단순주의자가 될 겁니다. 사태는 복잡했습니다. 하지만 나는 『크리스토프 왕의 비극』*La tragédie du roi Christophe*에서 아이티와 같은 아주 복잡한 나라를 통치하는 한 사람의 어려움을 묘사했어요. 앙티이에는 분명 이와 같은 복잡한 요소가 있습니다.

나는 투생 루베르튀르에 대해 호기심을 가졌어요. 나는 곧장 프랑스혁명을 생각하게 되었습니다. 루베르튀르를 잘 알기 위해서는 프랑스혁명에서 출발해야 했습니다. 그와 프랑스혁명은 하나였어요. 연구를 해나가면서 나는 그다지 유용한 것을 찾아내지 못했습니다. 프랑스혁명 동안 식민지 문제를 다루었던 많은 책도 별무소용이었습니다. 그런데 식민화는 이 역사의 한 장章이 아니었습니다. 식민화는 근본적인 사건이었습니다. 역사학자는 아니었지만 나는 프랑스혁명을 본격적으로 연구하기 시작했어요. 많은 자료를 보았고, 무슨 일들이 일어났는지를 알고 싶었지요. 프랑스혁명에 대한 기술에서 가볍게 그냥 지나쳐 버린 아주 중요한 부분이 있었다는 것을 알게 되었습니다. 심지어는 전문가들도요. 그것이 바로 식민지 문제였습니다.

난 자료로 돌아갔지요. 나는 역사가들의 펜 아래에서 드러났던 것과는 아주 다른 생각을 갖게 되었습니다. 나 역시 하나의 전문성을 가지고 있습니다. 내가 흑인이라는 점이 그것입니다. 그들은 하얀 피에 속합니다. 하지만 나는 검은 피에 속해 있었습니다. 따라서 우리는 아주 다른 관점을 갖게 된 것입니다. 그래서 나는 프랑스혁명에 대해 전혀 다른 생각을 갖게 되었습니다. 마찬가지로 나는 투생 루베르튀르에 대해서도, 아이티에 대해서도 전혀 다른 생각을 갖게 되었습니다. 그 생각이 좋은 생각이든 나쁜 생각이든 간에 말입니다. 여하튼 그건 내 생각이었습니다.

루베르튀르에 대한 에세이의 상당 부분이 나 자신에 대한 부분이었습니다. 내 생각에 그는 상당히 정직한 사람이었습니다. 나는 텍스트를 항상 세 부분으로 나누는 오랜 버릇을 가지고 있습니다. 우선 아이티에서의 프랑스혁명입니다. 백인들도 이 혁명에 가담했습니다. 나는 이 순간을 이렇게 명명했습니다. "백인 지주들의 난."[14] 왜냐하면 그들은 지켜야 할 재산이 있었기 때문입니다. 몇몇 프랑스인은 이들에 맞서 싸우기도 했습니다. 이를 위해 그들은 이미 모습을 드러내고 있던 하나의 계급에 호소했습니다. 이 계급에 대해서는 많은 연구가 없었지만, 이 계급은 혼혈인, 자유로운 유색인으로 이루어져 있었습니다. 이 계급에 속한 자들이 혁명의 주도권을 쥐었습니다. 이들이 하나의 계급을 이루고 있다는 사실을 나는 곧장 알게 되었으며, 이들 역시 자기 계급의 이익을 지킨다는 사실도 알게 되었습니다. 이들은 백인 지주들과 싸웠습니다. 하지만 이들은 흑인의 언어를 사용했습니다. 따라서 두 개의 계급이 있었던 것입니다. 백인 지주 계급

---

14 '백인 지주들'은 플랜테이션 사회에서 대규모의 토지를 소유하고 있던 자들에게 붙여진 명칭이다.

과 혼혈인 계급이 그것입니다. 그런데 이 두 계급은 또 하나의 계급이 있다는 것을 알아차리지 못했습니다. 아프리카 흑인 노예로 이루어진 계급이 그것입니다. 이들에게는 아이티에서의 소란이 반란도 아니고 저항도 아니고 문자 그대로 혁명이었습니다. 아이티 혁명은 결국 흑인 혁명이었던 겁니다.

그러니까 세 시기가 있었던 겁니다. 반란, 미완으로 막을 내린 혼혈아들의 저항, 그리고 혁명의 시기가 그것입니다. 혁명 때 대다수의 흑인이 발언권을 가졌습니다. 이 혁명은 투생 루베르튀르의 도착과 함께 절정에 이르게 됩니다. 혁명 후에 여러 문제가 계속 제기됩니다. 왜냐하면 이 문제들의 해결책을 찾지 못했기 때문입니다. 우선 계급 문제가 있었고, 거기에 내재된 인종 문제가 있었습니다. 그도 그럴 것이 이 지역에서 잘 볼 수 있듯이 계급은 거의 인종에 달려 있기 때문입니다. 아주 분명하지도, 뚜렷하지도, 명쾌하지도 않지만, 내 생각으로는 어쨌든 계급 문제에는 인종 문제가 내재되어 있었습니다. 흑인 혁명 이후, 하나의 체제, 아주 앙티이적인 체제가 들어섰습니다. 대부분의 혼혈인이 아이티 행정의 명령권을 도맡았고, 시간이 흐름에 따라 혼혈 계급은 권력을 휘두르기 시작했습니다. 결국 독재로 마감되는 흑인들의 운동이 나타났던 것입니다.

**베르제** 식민지 해방운동 지도자들이 부딪치고야 마는 권력의 고독한 특징은 선생님의 작품에 자주 등장하는 주제인데요.

**세제르** 실제로 이와 같은 고독한 특징이 있다고 생각합니다. 아이티에 갔을 때 나는 여러 문제가 있다는 것을 확인했습니다. 물론 예의상 그것들에 대해 말을 하지 않았습니다만, 어쨌든 나는 그것들을 목격했습니다. 나는 유색인이었으니까요. 하지만 아이티인들은 무엇을 할 수 있었을까요? 그들은 어떤 수단을 가지고 있었을까요? 난 모릅니다. 용감한 자들을 만나 보았습니다만, 그들이 무기력하다고 느꼈습니다. 그들이 하던 일들은 아이티라고 하는 복잡한 사회, 종종 아주 비극적인 사회와 비교해서 피상적인 것에 불과했습니다. 언젠가 한 단체에서 나는 아주 소극적이고 내성적인 사람을 만났어요. 파파도크 뒤발리에[15]라는 의사였습니다. 그는 정치에 대해서는 전혀 말을 하지 않았습니다. 아주 침착한 지식인의 모습이었지요. 하지만 그의 내부에는 끔찍한 야망이 도사리고 있었습니다. 후일 나는 아리스티드에서 한 명의 지식인, 아주 합리적인 지식인을 만났습니다. 하지만 그는 결코 인간들의 지도자는 아니었습니다. 결단코요. 그가 마르티니크에 왔을 때 그는 거의 학자적인 태도로 연설을 하기도 했습니다.

아이티에서 나는 특히 결코 마르티니크가 그렇게 되어서는 안 될 현상을 목격했습니다! 자유를 쟁취했다고 해서, 독립을 쟁취했다

---

15  [옮긴이] 본명은 프랑수아 뒤발리에(François Duvalier, 1907~1971)로, 별명이 '할아버지 의사'(Papa Doc)였다. 1957년부터 1971년까지 아이티 공화국의 대통령을 지냈으며, 1964년부터는 종신 대통령으로 독재와 부패의 상징이었다.

고 해서 허장성세를 떠는 나라, 그렇지만 프랑스 식민지였던 마르티니크보다도 더 가난한 나라의 모습이 그것입니다! 지식인들은 '주지주의'만을 외쳤습니다. 그들은 시를 썼고, 이런저런 문제들에 대해 자신의 입장을 표명했습니다. 하지만 민중과는 아무런 관계도 맺지 않은 채였어요. 그것이 비극이었습니다. 이러한 일들은 마르티니크에서도 충분히 발생할 수 있는 것들입니다.

이와 같은 경험을 한 후에 나는 『크리스토프 왕의 비극』을 썼습니다. 이 극작품은 내가 카프아이시앵[16]에서 했던 산책에 크게 빚지고 있습니다. 사람들은 크리스토프를 웃기는 인물, 프랑스인들을 모방하는 데 시간을 보낸 인물 정도로 생각합니다. 사람들은 그의 이와 같은 측면, 현실적인 측면을 강조했지요. 하지만 나 역시 한 명의 흑인이었습니다. 그리고 크리스토프라는 이 흑인은 '원숭이'의 한쪽 면만을 가지고 있지 않았어요. 이 원숭이 안에는 심오한 생각과 실질적인 불안이 자리 잡고 있습니다. 나는 비극성을 높이기 위해 이와 같

---

16 카프아이시앵(Cap-Haïtien)은 아이티 섬 북쪽에 위치한 생도맹그의 옛 수도이고, 크리스토프 왕조의 수도가 되기도 했다. 크리스토프는 투생 루베르튀르를 도와 아이티 혁명에 가담했다. 1802년에 장군이 된 그는 1806년에 스스로 황제 자크 1세(Jacques Iᵉʳ)라 칭했던 데살린(Dessalines)에 대한 쿠데타를 선동했다. 크리스토프는 섬의 북쪽 부분(남쪽 부분은 페티옹·Pétion의 수중에 들어갔다)을 통치했다. 우선은 선출된 대통령의 자격으로, 그다음에는 앙리 1세(Henri Iᵉʳ)라는 왕의 자격으로였다. 크리스토프는 귀족제를 창설했고, 상수시(Sans Souci) 궁을 지었으며, 라페리에(La Ferrière) 요새를 축조하기도 했다. 세제르는 이 요새를 방문한 적이 있다. 크리스토프는 1820년에 자신의 집정기에 세워졌던 한 교회에서 미사가 집전되는 동안 자살했다.

은 그로테스크한 면도 꿰뚫어 보아야 했습니다. 『크리스토프 왕의 비극』은 희극이 아닙니다. 진짜 사실적인 비극입니다. 그도 그럴 것이 이 작품에는 우리의 비극이 그대로 그려져 있기 때문입니다. 크리스토프는 무엇을 할까요? 그는 군주제를 세웁니다. 그는 프랑스 왕을 모방하고자 합니다. 그는 공작들, 후작들, 조정에 둘러싸여 있습니다. 이 모든 것을 그는 해냅니다. 하지만 이와 같은 장치들 뒤에는, 이 인물 뒤에는 문명들의 조우에 대해 아주 심오한 질문을 던지는 비극이 있습니다. 크리스토프와 그의 주위에 있는 자들은 유럽을 모델로 삼고 있습니다. 그런데 유럽은 이들을 조롱하고 있습니다. 그건 아주 분명합니다.

이것이 바로 내가 어떻게 이 나라의 왕궁을 생각해 냈는지에 대한 답입니다. 물론 사람들은 프랑스의 왕궁이라고 믿었겠지요. 다음 장면은 크리스토프가 왕이 입는 외투를 입는 장면입니다.

**크리스토프** 아이고! 아이고! 무엇이 내 오금을 무는 거냐?
[그때 그곳에 왕의 광대가 있습니다. 위고냉입니다. 테이블 아래서 나오는 그 사람이 왕의 광대입니다. —세제르]

**위고냉** 멍멍멍! 소인은 폐하의 개입니다. 폐하의 애완용 개요. 폐하의 복슬강아지요. 폐하의 마스티프 개요. 폐하의 집 지키는 개입지요!

**크리스토프** 장딴지를 아프게 하는 허풍이로군! 미련한 놈, 잠이나 자러 가거라!

[어릿광대가 나옵니다. 이 사람은 대개 진리 편에 서 있는 사람입니다.─세제르]

**프레조** 전갈이 왔습니다, 폐하. 알렉시스 포팜 경이 맡긴 런던에서 온 편지입니다.

[이 사람 윌버포스는 쇨셰르의 조상이라고 할 수 있습니다. 18세기의 그 쇨셰르 말입니다. 그는 흑인을 좋아했습니다.─세제르]

**크리스토프** 내 고귀한 친구 윌버포스! 내 대관식을 기념하는 축사를 보냈군!…… 아아…… 그가 나를 몇몇 학술 단체에 가입시켰다고 적었군. 영국성서학회 같은 곳. (웃음) 뭐라, 대주교? 이 일이 기분을 상하게 하지는 않을까? 하지만 윌버포스, 자네는 내게 아무것도 알려 주지 않는군. 게다가 자넨 이처럼 따질 수 있는 유일한 사람이 아니지. "우리는 나무를 창조하지 않았습니다. 우리는 나무를 심습니다! 우리는 나무에서 과일을 따는 것이 아닙니다. 열매가 생기도록 내버려 두는 것이지요. 한 나라는 창조물이 아니라 무르익음이고, 한 해 한 해 나이테가 생기듯 더딘 것입니다." 좋은 소식도 있군! 신중한 사람이군! 내게 말하길, "문명의 씨를 뿌린다는 것". 맞아. 하지만 불행하게도 씨는 천천히 싹이 나지, 제기랄! "시간의 시간은 그냥 둔다."

하지만 우린 기다릴 시간이 없지. 특히 우리 목을 죄는 것은 그런 시간이지! 한 민족의 운명을 태양에 맡기고, 비에 맡기고, 계절에 맡기다니, 우스운 생각이군!

**마담 크리스토프** 크리스토프!
저는 불쌍한 여인일 뿐이에요. 저는요,
하녀였고, '화관'花冠 여인숙의 여왕이었어요!
제 머리에 쓴 화관은 저를 순진한 여자 이외에
다른 어떤 사람으로도 만들지 못할 거예요.
남편에게 **조심해요!** 라고 말하는
착한 흑인 여자일 뿐이죠.
크리스토프, 어떤 집의 지붕을 다른 집 위에 놓고자 하면
그 지붕은 무너지거나 크다고 여겨질 거예요!
크리스토프, 다른 사람들과 당신 자신에게 너무 많은 것을 요구하지 마세요! 너무 많이요!

이게 너무 마르티니크적이지 않나요? 내가 방금 묘사한 거의 그런 사람을 나는 늘 봅니다[세제르는 '여자' 목소리로 마담 크리스토프의 말을 이어 나간다.—베르제].

게다가 저는 엄마예요.
종종 당신이 말 위에서 열정적인 마음에 사로잡혀 있는 것을 볼 때

제 마음은

비틀거리고 이렇게 말해요.

언젠가 우리가 아버지의 과도함을 아이들의 불행으로 헤아리지 않기를!

우리 아이들을, 크리스토프, 우리 아이들을 생각하세요.

신이시여! 이 모든 일이 어떻게 끝날 것인지!


**크리스토프** 내가 사람들에게 너무 많은 요구를 한다고! 하지만 흑인들에게는 충분하지 않다는 거요, 부인! 흑인 노예 지지자들의 말만큼이나 나를 화나게 하는 것이 있다면, 그것은 박애주의자들이, 분명 선량한 마음으로, 모든 사람은 사람이고, 백인도 흑인도 없다고 주장하는 소리를 듣는 것이오. 그건 제멋대로 생각하는 것이고, 이 세상 밖의 일이오, 부인. 모든 사람이 같은 권리를 갖고 있다. 나도 그것엔 동의하오. 하지만 공동 운명에는 다른 사람보다 더 많은 의무를 가진 사람이 있소. 그것에 불평등이 있다오. 명령의 불평등 말이오. 이해하시겠소, 부인? 다음과 같은 점을 누구에게 믿도록 할 수 있다는 말이오. 즉 특권이 없고 특별히 예외적인 것도 없는 모든 사람이, 나는 모든 사람이라고 말하오, 추방, 노예무역, 노예제도, 집단적인 짐승으로의 전락, 전적인 모욕, 지독한 무시를 겪었다는 것을 말이오. 그리고 그들 모두가 모든 것을 부정하는 침을 몸에 바르고 얼굴로 받아 내고 있다고 말이오! 우리만, 부인, 내 말을 들어 보시오, 우리만 흑인이오! 그러니 구덩이 깊숙이 빠져 있는 것이오! 내가 말하고 있는 게 바로 그거요. 구덩이 가장 깊숙한 곳 말이오. 바로 그 속에서 우리가 소리 지르고 있는 것이오. 그 속에서 우리는 숨 쉬고, 빛을 보고, 태양을 보는 거란 말이오. 그러니 우리가 올라가고 싶다면, 우리에게 힘쓰며 지탱하고 있는 다리, 팽팽해진 근육, 꽉 물고 있는 이빨, 머리통, 오! 크고 차가운 머리통이 얼마나 필요한지를 생각해 보시오. 바로 그렇기 때문에 다른 누구에게보다도 흑인들에게 더 많은 요구를 해야 하는 것이오. 좀더 일하고, 좀더 믿음을 갖고, 좀더 열정적이고, 한 발짝, 또 한 발짝, 그리고 또 한 발짝 더 내딛으라고 말이오. 그러니 휘어잡는 것이 한 발 이기는 거요. 여러분, 내가 말하는 것은 이전에는 결코 보지 못한 거슬러 오르기란 말이오. 그러니 다리를 머뭇거리는 자에게는 불행이 있으리오!

**마담 크리스토프** 왕, 좋지요!
크리스토프, 당신은 제 작은 곱슬곱슬한 머릿속에서 제가 왕을 어떻게 이해하고 있는지 아시죠?
좋아요! 그건 그늘을 찾는 짐승이 몸을 피하고 있는 굵은 몸빈 mombin 나무의 크고 동그란 잎사귀가 태양의 원한으로 황폐해진 사바나 한가운데 있는 모습이라구요.
그런데 당신은요? 당신은요?
종종 난 자신에게 물어봐요. 당신은
모든 것을 시도하고,

모든 것을 해결하려는 나머지

주변의 모든 식물을 그늘로 가리는

너무 크고 너무 때 이른 무화과나무가 아닌가 하고 말이에요.


크리스토프  그 나무는 저주받은 무화과나무라고 불린다오. 그것에

대해 생각해 보시오, 부인. 아, 내가 흑인들에게 너무 요구가 많다고

했지. 보시오, 들어 봐요, 밤 어딘가에서, 북을 치는군. 밤에 이따금,

내 백성들이 춤을 춘다오. 하긴 매일 그렇기는 하지.[17]


마담 크리스토프는 우리에게 양식良識을 생각하게 합니다. 내 할

머니께서 이런 방식으로 설명하셨어요. 나는 내가 알고 있던 것에서

부터 시작해 글을 썼습니다. 그 시대에 노예였던 한 여인을 한번 상

상해 보세요. 할머니는 체념에 빠질 수도 있었을 것이고, 신중하게

처신할 수도 있었을 겁니다. 이 모든 것이 이해할 수 있는 것입니다.

사실 그것은 고대의 비극과 관련된 것입니다.

상고르와 나는 사람들에게 말을 해야 한다고 생각했습니다. 하

지만 어떻게 그들에게 말을 걸까요? 대중에게 말을 해야 했던 것은

시를 통해서가 아니었어요. 나는 이렇게 생각했어요. "우리의 문제

점들을 설명하기 위해서 연극을 한다면 어떨까. 모든 사람이 이해하

도록 우리의 이야기를 무대에 올린다면 어떨까." 우리는 언제나 백

---

17  Césaire, *La Tragédie du roi Christophe*, pp. 57~60.

인들이 서술했던 전통적인 이야기에서 뛰쳐나왔습니다. 나는 그 어떤 해결책을 제시할 야망도 갖고 있지 않았어요. 나는 우리가 어디로 향하는지 알지 못했어요. 하지만 돌진해야 한다는 것은 알고 있었습니다. 흑인을 해방시켜야 했습니다. 하지만 해방자 또한 해방시켜야 했습니다. 여기에 근본적인 문제가 있습니다. 인간이 자신과 맺는 관계 말입니다.

**베르제** 선생님께서는 『크리스토프 왕의 비극』에서 탐색하신 권력의 현기증을 『콩고에서의 한 계절』*Une saison au Congo*이라는 작품에서도 설명하시고 계신데요.

**세제르** 아프리카 사람들이 내 극작품에서 파트리스 루뭄바[18]의 그와 같은 시각을 받아들였나요? 나는 위험한 짓을 감행했습니다. 독립축하식장에서 보두앵 왕[19]은 연설을 합니다. 그 후에 누군가 다른 연설들과는 완전히 구별되는 방식으로 발언을 합니다. 그 사람이 루뭄바였습니다.

---

18 [옮긴이] 파트리스 루뭄바(Patrice Lumumba, 1925~1961)는 1960년에 콩고민주공화국의 초대 수상으로 취임했지만 암살당한 인물이다. 벨기에의 지배하에 있던 콩고민주공화국 독립을 위해 활동한 영웅으로 평가받는다.
19 [옮긴이] 보두앵(Boudouin, 1930~1993)은 벨기에의 5대 왕으로 1951년부터 사망할 때까지 왕좌에 있었다.

폐하, 저는, 저는 잊혀진 사람들에 대해 생각합니다.

우리는 권리를 박탈당한 사람들입니다. 반말을 듣는 사람들입니다. 얼굴에 침을 뒤집어쓰는 사람들입니다. 식당-보이boy, 객실-보이, 당신께서 말씀하시듯 보이들입니다. 얼룩 있는 자들입니다. 우리는 보이들의 민족이고, '네, 백인 주인님'oui-bwana의 민족입니다. 그 백인은 사람이 사람이 아닐 수 있다고 의심합니다. 우리를 신경 쓰는 분은 당신뿐입니다.

폐하, 우리는 참을 수 있는 모든 고통을 참아 냈습니다. 우리는 삼킬 수 있는 모든 모욕을 삼켰습니다.

하지만 동지들, 그들이 우리 입에서 살아가는 맛을 잃게 하지는 못했습니다. 우리는 보잘것없는 방식으로 투쟁했습니다. 50년 동안 싸웠습니다.

그리고 보시다시피, 우리는 패했습니다.

이후 우리 땅은 그들의 아이들 손에 들어갔습니다.

우리의 것, 이 하늘, 이 강, 이 공기,

우리의 것, 이 이 호수와 이 숲.

우리의 것, 카리심비 산, 니라공고 산, 니아무라기라 산, 미케노 산, 에우 산, 불의 말 그 자체가 피어오르는 산들,

콩고 사람은, 현재는 미래의 어느 날인데, 위대합니다.

그날은 세상이 우리의 어머니 콩고를 모든 나라 속에서 환대하는 날입니다.

특히 우리의 아이 콩고를,

우리가 깨어 있음의, 우리 고통의, 우리 투쟁의 아이를.[20]

이것은 지식인들의 환상입니다. 이것은 비극입니다. 딱히 역사적인 비극은 아닙니다만, 조급함을 보여 주는 비극입니다. 그렇기에 루뭄바는 또 말합니다.

저는 시간을 증오합니다! 저는 당신들이 말하는 '부드럽게'가 싫습니다! 게다가 안심시키는 것도요! 왜 안심시켜야 하는 거죠? 저는 오히려 불안하게 하는 사람을 더 좋아할 겁니다. 불안하게 만드는 자! 저 자신이 그러한 것처럼 나쁜 목동들이 우리에게 마련해 놓은 미래에 대해 백성들을 불안하게 만드는 사람![21]

**베르제** 오늘날 선생님께서는 흑인들의 단결에 장애물이 있다고 보시는지요?

**세제르** 아주 중요한 질문입니다. 걱정이 되는 질문이기도 하고요. 라이베리아, 코트디부아르의 운명은 끔찍합니다. 우리는 식민주의에 반대하며 독립을 요구하고 있습니다. 그런데 이것이 우리 사이의 갈등으로 이어지고 있는 실정입니다. 아프리카의 통일을 위해 참다운

---

20 Césaire, *Une saison au Congo*, Paris, Seuil, 1973, pp. 30~31.
21 위의 책, p. 112.

노력을 기울여야 할 것입니다. 현재 아프리카의 통일은 존재하지 않습니다. 이것은 비통하고 견딜 수 없는 상황입니다. 식민화는 커다란 책임을 안고 있습니다. 모든 것의 근본적인 원인이라는 것이 그것입니다. 하지만 그것만이 유일한 것은 아닙니다. 그 이유는 이렇습니다. 아프리카에서 식민화가 있었다면, 그것은 아프리카인들이 자신의 약점으로 인해 유럽인들이 아프리카에 발을 디디는 것, 그들의 정착을 허용했기 때문이라는 의미입니다.

식민화 시대에는 '부족들'이 있었습니다. 하지만 우리, 흑인들은 독립을 쟁취하기 위해 통일을 내걸었습니다. 하지만 우리가 독립한 지금 다시 분쟁이 발발하고 있습니다. 인종 전쟁을 야기하는 계급 투쟁이 그것입니다. 이와 같은 함정에 빠지지 않기 위해서는 굉장한 노력을 기울여야 할 것입니다. 통일은 이루어 나가야 하고 또 만들어 나가야 하는 것입니다. 아프리카인들은 최소한 공동의 이상을 가지고서 하나의 같은 대륙에 속한다는 사실을 스스로 인정해야 할 것입니다. 그리고 공동의 적에 맞서 함께 싸워 나가야 할 것입니다. 같은 나라 안에서가 아니라 외부에서 이 적을 찾으면서 말입니다.

게다가 중요한 것은 아프리카가 많은 이의 욕망을 부채질할 정도로 아주 풍요로운 대륙이라는 점입니다. 시에라리온에서의 전쟁 역시 다이아몬드에 대한 탐욕 때문에 발발한 것입니다. 물론 유럽인들은 어김없이 아프리카인들의 약점을 파고들려 할 것입니다. 하지만 종종 유럽인의 간계 없이도 아프리카인들 스스로가 전쟁에 말려들고 있는 형국입니다. 나는 자주 이런 생각을 하곤 합니다. '맙소사,

앙티이에 석유가 매장되어 있다면, 우리는 영원히 정상적인 상태에 있지 못하게 될 게야.'

**베르제** 선생님께서는 종종 '새로운 휴머니즘'에 대해서 말씀하시는 데요.

**세제르** 물론 교리문답을 하는 것은 아닙니다. 나는 유럽인의 문제를 잘 이해하려고 노력하고 있습니다. 하지만 그들 역시 우리의 문제, 그것도 아주 현실적인 문제를 이해하려고 해야 합니다. 아프리카인들은 하나의 국가, 하나의 민족을 가지려고 투쟁했습니다. 물론 내가 제기하는 문제가 반드시 민족이라는 개념으로 제기되는 것은 아닙니다. 인간은 다른 인간을 이해하려고 노력해야 합니다. 아프리카에 대해서 말하자면, 나는 이 대륙의 병이 뭔지를 잘 알고 있습니다. 나는 이 병을 치유하는 것을 돕기 위해 그 원인을 찾고 있는 것입니다. 아시다시피 마르티니크 사람들이 항상 우스꽝스러운 것만은 아닙니다! 하지만 나는 항상 생각해 보려 하고 있습니다. 주민들 중 한 여자가 불평을 하게 되면, 나는 우선 그것을 병으로 여기기 시작합니다. 그리고 이 여자를 잘 이해하고, 그 여자가 어떤 상황에 있는지를 이해해야 할 필요가 있다고 생각합니다. 어쨌든 나는 해결책을 찾으려 합니다. 이것은 인간이 겪는 고통에 대한 태도 문제입니다.

교육은 이와 같은 태도를 북돋우는 데 도움이 될 수 있습니다. 하지만 불행하게도 과거에 행해진 교육, 현재에도 여전히 행해지고 있는 교육에 책임이 있습니다. 히틀러는 어디에서 인종차별주의를 배웠습니까? 광적인 이슬람교도는 위험하지 않습니까? 난 그렇다고 생각합니다. 이슬람의 일부는 아프리카에 대해 아주 단호한 태도를 보이고 있습니다. 나는 [북아프리카의] 카빌리아Kabyle 사람 한 명을 잘 압니다. 그가 알제리 사람들을 어떤 눈으로 바라보는지를 알아야 합니다. 그는 그들을 식민자로 여기고 있습니다. 아랍인들은 식민자, 지배자, 노예 상인이었습니다.

다른 앙티이 사람이 당신을 좋아하기 위해 당신이 앙티이 사람일 필요는 없다고 생각합니다. 카리브 지역에 대해 내가 질문을 던졌을 때 퐁피두 대통령이 했던 대답을 기억합니다. "대통령님, 왜 당신은 마르티니크와 과들루프를 한 지역으로 만들지 않습니까?" "세제르 씨, 과들루프 사람들이 당신을 좋아할 거라고 생각하세요? 아마 그렇지 않을 겁니다." 인간은 다른 인간을 존중해야 합니다. 다른 인간을 도와야 합니다. 나는 과들루프의 이곳저곳에서 발생하는 불행에 무관심할 권리를 가지고 있지 않습니다. 이와 같은 분열을 극복해야 합니다. 이 세계를 구성하고 있는 각각의 부분은 전체의 단결에 포함될 권리를 가지고 있는 겁니다.

우리가 인간을 신뢰하는지 여부, 우리가 이른바 인간의 권리라고 부르는 것을 신뢰하는지 여부를 아는 것이 중요합니다. 자유·평등·박애에 나는 항상 정체성을 덧붙입니다. 왜냐하면 우리는 정체성을 가질 권리를 가지고 있기 때문입니다. 그렇습니다, 이것이 바로 우리의 주장이고, 좌파에 속한 사람들의 주장입니다. 역사적으로 해외도에는 특수한 상황이 부과되었습니다. 참다운 인간은 항상 인간으로서의 권리를 갖는 곳에 있다는 것이 내 생각입니다. 이러한 의미에서 내가 보기에 인간에 대한 존중은 근본적입니다.

누가 인권 선언문을 작성했는지는 그다지 중요하지 않습니다. 나는 그런 문제에 대해서는 관심이 없습니다. 어쨌든 이 선언문은 존재합니다. 이 선언문이 '서구'에서 처음 시작되었다는 것을 비난하는 자들은 단순주의자입니다. 그게 어떻다는 겁니까? 나는 내가 속한 당의 내부에서도 항상 파당주의에 대해 분개했습니다. 그냥 그 선언문을 자기 것으로 만들고, 정확하게 해석하면 될 것입니다. 프랑스가 식민지를 건설한 것은 인권의 이름으로가 아니었습니다. 발생한 일에 대해서는 뭐든 이야기할 수 있는 것입니다. "이 불행한 인간들이 어떤 상황에 있는지를 보자. 그들에게 문명을 가져다주면 좋을 텐데." 더군다나 유럽인들은 '단 하나'의 문명을 믿었습니다. 반면 우리는 '여러 개'의 문명, 복수의 문명'들'을 믿습니다. 여하튼 인권 선언과 더불어 진보는 결국 모든 인간은 동일한 권리를 갖는다는 것입니다. 단순히 그들이 인간이라는 이유로 말입니다. 당신도 이와 같은 권리를 당신 자신을 위해서, 그리고 타인을 위해서 요구해야 하는 것입니다.

**베르제** 선생님께서는 '문명 간의 대화'를 주장하시는데요.

**세제르** 그렇습니다. 정치와 문화를 통해서 이러한 대화를 이룩해 내야 합니다. 각 민족마다 고유한 문명·문화·역사가 있다는 것을 알아야 합니다. 야만·전쟁·약자에 대한 강자의 억압을 주장하는 권리에 맞서 싸워야 합니다. 근본적인 것은 바로 휴머니즘, 인간, 인간에게서 연유한 존중, 인간의 존엄성에 대한 존중, 인간의 발전에 대한 권리입니다. 물론 이와 같은 표현은 시대와 세기, 지리학적인 구분에 따라서 다를 수 있습니다만, 본질적인 것은 바로 거기에 있다고 생각합니다.

# 후기

- 프랑수아즈 베르제

## 세제르에 대한 포스트식민적 읽기를 위하여

이 대담과 더불어 나는 문학 비평에 대한, 프랑스어권 문학 연구에 대한, 그리고 네그리튀드Négritude에 대한 기존의 관습적인 몇 가지 틀을 넘어선 세제르 다시 읽기가 가능하다는 것을 증명해 보고자 했다. 그러한 틀들은 엄청난 분량의 연구를 가능하게 했으나, 세제르의 글이 갖는 역사적이고도 정치적인 영향력의 범위를 망각하도록 만드는 경향이 있었다. 포스트식민적인 한 가지 독서를 제안하는 것은 포스트식민적 입장을 취하는 비평가들이 제안하는 몇 가지 문제들에 의거해 세제르를 다시 읽는 것을 의미한다. 프랑스에서는 포스트식민주의가 좋지 않은 평판을 받고 있기에, 나는 여기서 내가 말하는 것을 명확하게 밝히고자 한다.

우리는 1978년 미국에서 에드워드 사이드의 저서 『오리엔탈리즘』[1]이 발간된 것과 더불어 포스트식민주의 학파의 출현 시점을 잡을 수 있다. 이 저서는 급속하게 대학가의 참고 텍스트가 되었다. 많은 토론회가 개최되었고 간행물들이 쏟아져 나왔는데, 이는 그 저서의 핵심 주제를 지지하거나 논박하기 위한 것이었다. 『오리엔탈리즘』은 오늘날에도 여전히 영어권 대학들에서(다시 말하자면 단순히 미국에서만이 아니라, 인도, 동아시아, 아프리카에서도) 기본 텍스트로 남아 있다. 그 핵심 주제는, 사람들이 종종 그렇게 생각하고 있는 것과 달리, 유럽인들에 의해 난폭하게 다루어진 동양의 명예를 회복시키는 것, 따라서 그 동양의 이미지를 바로잡는 것이 아니다. 사이드는 훨씬 더 급진적이었다. 그에게 동양은 존재하지 않았고, 그것은 날조였으며, 19세기 동안에 서양인에 의해 고안된 하나의 허구였다. 극도로 다양하며 시공간 속에 산재되어 있는 입장들을 가리키기 위해서 동양에 관해, '아랍'에 관해 혹은 '이슬람교도'에 관해 말하는 것은 부조리하다고 그는 적었다. '동양적'이라고 말해지는 사회들은 결코 고립적으로 존재하지 않았으며, 따라서 동양적인 '본질'은 없다. 다른 모든 사회에서와 마찬가지로 동양의 문화는 혼종적이며, 수많은 만남과 상호작용의 산물이다. 동양과 같은 총칭적인 명명命名은 우리에게 그 사회들에 관해 그 무엇도 가르쳐 주는 바가 없다. 그 명칭은 타자를 사물화시키고, 타자의 땅을 이국적인 매혹, 공포와 혐오

---

1 Edward W. Said, *Orientalism. Western Conceptions of the Orient*, Pantheon, 1978; trad. fr., *L'Orientalisme. L'Orient créé par l'Occident*, Paris, Seuil, 1996 [『오리엔탈리즘』, 박홍규 옮김, 교보문고, 2004].

의 공간으로 만들려는 유럽인의 욕구를 만족시키기 위해서 고안되었다. 그리고 사이드의 말을 따라가자면, 그러한 구성물들은 그 타자들이 사라진 이후에도 계속해서 잘 작동하고 있다. 나는 서양이 '동양'을 하나의 닫힌 실체로 고안해 냄으로써 문학 텍스트 속에서 타자에 대한 하나의 제국주의적인 구성만을 보게끔 했다고 사이드가 비난의 대상으로 삼았던 그러한 서양에 대한 그의 연구에 반대하는 몇몇 비판들과 의견을 공유하고 있다. 그럼에도 불구하고 나는 그의 분석이 매우 정당한 무엇인가를 갖고 있으며, 특히 그의 분석이 맑스화하는 담론 이상으로 유럽과 세계 사이의 관계들에 대한 연구를 새롭게 해준다는 또 다른 비판과도 신념을 공유하고 있다. 왜냐하면 그의 분석은 그런 표상들이 단순히 이미지의 영역에서만이 아니라 경제적이고 정치적인 결정들의 영역에서도 역시 많은 영향을 미치고 있다는 점을 잘 보여 주고 있기 때문이다. 그와 마찬가지로, 시간이 좀더 흐른 뒤에는 사이드의 성찰과 그가 제 자리를 잡게 한 인식론적인 도구들은 개발 정책들에 대한 비판에 있어서 다음과 같은 점을 증명하도록 해주었다. 즉 얼마나 많은 원조 프로그램이, 그러한 프로그램의 구상에 있어서조차도, 아프리카 및 아시아 민중에 대한 유럽인의 전형화된 기대치에 부합하는 것이었는지 등을 말이다.

　사이드가 내 놓은 길을 따라서, 포스트식민 이론은 우선 문학과 이미지에 관심을 보였다. 그것들 속에서 포스트식민 이론은 징후徵候라는 용어를 통해 **토착민**의 부재 혹은 현존을 분석했다. 이와 같은 첫번째 단계는 보편적인 가치를 원했던 텍스트들 속의 결핍에 대한, 부재——여성들, 민족 집단들, 피식민자들의 부재——에 대한 포착의 단계이다. 하지만 그와 같은 재검토는 그 부재의 위치를 결정하려는 최종적인 목적을 이룰 수 없을 것이다. 왜냐하면 도덕적인 태도가 비난의 대상이 될 수도 있다는 점에서 즉시 회고적 독서의 위험성이 대두하기 때문이다. 위치 결정의 절대적인 필요성에 대한 상세한 설명과 더불어——모든 지식은 "시공간적으로 자리를 잡아야" 하기에——"언어학적 전환", "'지식-권력'이라는 짝을 둘러싼 푸코식의 고고학과 계보학이라는 개념들"과 '타자'가 어떻게 발생했는지를 질문하는 필연성이 그들의 길을 만들어 냈다. 그 '타자'가 여성이든, 피식민자든, 게이든 간에 말이다. 포스트식민적 비판은 이때 고전 텍스트들과의 대화에 참여하고, 포스트식민적 상황을 식민화의 단순한 산물로서가 아니라 의미를 생산하는 것으로서 분석한다. 포스트식민성은 그것의 다양한 시간성과 더불어 세계에 대한 관점을 바꾼 하나의 경험이 될 것이다. 전과 후의 존재를 가정하게 되면, 식민화는 포스트식민지의 시간성과 주관성 사이의 관계들이 갖는 문제점을 철저히 고찰하지 못한다. 다시 말해서 과도기적인 시기들과 식민지의 시간성에서 독립적인 지속들을 사유할 줄 알아야 할 것인데, 이는 차용과 브리콜라주에서 탄생한 의미 생성에 관심을 기울여야 하는 것과 마찬가지다. 이때 연구자는 가치관에 서열이 있다는 편견을 갖지 않고서 이론적 교차가 형성되는 방식을 목표로 한다. 식민지는 본국 밖에 위치하는 그와 같은 장소가 아니라, 본국에서 형성되는 사상들, 표상들, 사회적이고 정치적인 운동들에 영향을 미치는 장소이며,

그 역도 마찬가지다. 시민권, 민족 정체성, 표상 전략, 포함과 배제의 실천들이 이와 같은 본국-식민지라는 상호작용들에 의거해 연구되었다.

포스트식민적 장場에 고유한 연구들이 이미지와 현실을 혼동함으로써 너무나 빈번하게 엄격성을 결여하고 있었다는 것이 사실이라고 하더라도, 그러한 연구들은 전에는 역사적인 혹은 경제적인 접근법에 의해 지배되었던 식민지 연구들을 급속하게 변화시켰다. 이전의 접근법이 갖는 결정주의는 선형적인 시간성(전前식민주의 시기, 식민주의 시기, 탈식민화) 속에 예전 피식민자들을 가두어 왔다. 이와 같은 연대기적인 분할은 여전히 적절한 것으로 남아 있지만, 전식민지 및 식민지 세계의 수많은 과정을 포괄할 수는 없을 것이다. 이와 같은 지적들은 다수의 학제들 속에서 하나의 '위기'를 야기했는데, 특히 '식민지 연구들'의 진영에서 그러했다. 미국에 정착한 프랑스어를 사용하는 젊은 대학 교수 디디에 공돌라Didier Gondola의—그는 1998년에 이렇게 밝혔다. "프랑스적 아프리카학學은 그것 고유의 실패를 세계화함으로써, 또한 남이 뭐라고 하든 자기식대로 행동함으로써, 따라잡을 수 없을 만큼 세상 돌아가는 정세에 어두워졌다"—텍스트를 둘러싸고 활발한 의견 교환이 있던 시기에, 다수의 사람이 그 진영의 결핍과 나약함과 위선을 강조했다.[2] 좀더 최근의 경우에 카트린 코케리-비드로비치는 다음과 같은 필요성을 언

---

2 www.h-net.org/africa/

급했다. "재검토된 식민지 역사의 필요성이 그것인데, 식민지 역사는 아직도 종종 기억의 진창 속에 빠친 채로 머물러 있으며, 경우에 따라 백인의 향수에 의해 얼룩져 있거나, 혹은 반대로 식민지 영웅담을 담은 서사시에 대한 향수와 제국의 위대한 과거에 대한 향수에 의해 얼룩져 있다.……우선 목록과 기록을 작성하는 것이 문제다. 다시 말해 프랑스 문화는 하나의 식민 문화이다."[3] 프랑스어를 사용하는 새로운 세대의 연구자들은 "모든 복잡성, 수렴적인 동시에 확산적인 모든 시각에서 출발해 이루어지는"[4] 연구를 방해하는 유산으로부터 벗어나고자 노력한다. 연구자들 중에는 자신이 막 발견한 이 분야의 선구자가 되는 것이 가능하다고 믿는 이가 많다. 하지만 그들이 잊고 있는 것은 이미 프랑스어로 된 그러한 연구 성과들이 있다는 것이다. 영어와 스페인어로 된 문헌에 관해서는 언급하지 않더라도 말이다. 우리는 필연적으로 바버라 크리스천Barbara Christian이 "the race for theory"라고(이는 영어 단어 'race'가 갖는 이중적인 의미, 즉 '경주'와 '인종'에 대한 유희적인 표현이다. 따라서 이 표현은 '이론을 위한 경주'와 '이론으로서의 인종'을 동시에 의미한다) 너무도 적절하게 불렀던 것을 목도하게 될 것이다. 1980년대 당시는 미국에서 많은 교수가 갑작스럽게 인종 문제를 '발견한' 때였다. 프랑스의 경우,

---

3 Catherine Coquery-Vidrovitch, "Préface", in Séverine Awenengo, Pascale Barthélémy, Charles Tshimanga (éd.), *Écrire l'histoire de l'Afrique autrement?*, Paris, L'Harmattan, 2004, pp. 5~9.

4 위의 책, p. 6.

우리는 최근 들어 특히 포스트식민주의의 '포스트'가 시간상의 어떤 경계를 가리킨다고 믿도록 하는 용어에 대한 문자 그대로의 독법이 출현하는 것을 목도하고 있다. 우리는 철학자 콰메 앤서니 아피아가 그의 에세이 「포스트식민주의와 포스트모던」The Postcolonial and the Postmodern[5]에서 제기한 질문의 예리함과는 한참이나 벗어나 있다. 이 저술에서 그는 포스트식민주의 연구자가 일종의 '타자 기계' Otherness machine가 될 위험에 관해 언급했다. 다시 말해 이는 그러한 연구자가 서구적인 기대치에 부합하는 **타자**의 역할을 담당해, 그렇게 함으로써 식민주의적인 텍스트·이미지와 그다지 상이하지 않을 포스트식민적인 텍스트·이미지를 생산하게 될 위험이다. 우리가 알고 있듯, 그러한 입장은 수용하기 어려운 것이며 대부분의 포스트식민적 비평가는 자신이 이 개념[타자]을 왜, 어떻게 이용하고 있는지 명확히 하려고 혈안이 되어 있다. 나는 다음과 같은 사람들의 진영에 나 자신을 위치시키고 있다. 즉 인정된 지식savoir reconnu의 관계에서 불평등의 상황을 상기시키는 하나의 도구로서의 일종의 '방향 지시등'clignotant을 이 타자 개념 속에서 보는 사람들과 철학자 발랭탱-이브 무딤베Valentin-yves Mudimbe가 "식민주의적 도서관" colonial library; bibliothèque coloniale(타자에 대한 **모든** 지식을 포함하고 있는 것으로 제시된)이라고 불렀던 것의 해체를 추구하려고 전력

---

5 Kwame Anthony Appiah, *In My Father's House. Africa in the Philosophy of Culture*, Oxford, Oxford University Press, 1992, pp. 137~157.

을 다하는 사람들이 그들이다.

포스트식민주의 연구자들은 다음과 같은 점을 끝없이 환기해
왔다. 즉 포스트식민성이란 민족적 독립의 그 이후l'après를 가리키
는 것이 아니라, 1960년대에 공식화되었던 그대로의 반反식민주의
적 문제 제기에 의문을 제기하고자 하는 것이라고 말이다. 포스트식
민성은 두 가지 약속에 대해 의문을 제기하고 있다. 하나는 계몽주의
자들이 평등, 자유, 그리고 박애라는 원칙을 가지고 그것에 참여했던
유럽의 약속과 제3세계 해방운동들의 민족주의 속에서 표명된 것으
로서의 민족의 약속이다. 이 첫번째 약속은 수세기가 흐르는 동안에
일종의 어두운 속내를 드러냈던바, 그 속내란 규칙에 있어서의 예외,
그 원칙들에 있어서의 규칙으로서의 예외라고 할 수 있다. 다시 말
해 만일 모든 사람이 법 앞에서 자유롭고 평등하게 태어났다면, 어떤
사람들은 '천부적으로' 그러한 상태였던 반면에, 다른 어떤 사람들
은 그렇게 '되어야만' 했던 것이다. 되찾은 존엄성의 약속인 두번째
약속은 새로운 인본주의의 약속으로서, 배제들을 동반했으며, 그 모
두가 식민주의의 결과물로서 분석될 수는 없었던 부패, 속임수, 잔인
성, 권력 남용이라는 재앙을 낳았다. 프란츠 파농Frantz Fanon은 그러
한 점을 간파했으며, 『대지의 저주받은 사람들』Damnés de la terre[6]의
한 장에서 식민지 지배자들의 특권과 부를 득달같이 손아귀에 넣고
자 하며 종종 옛 주인보다도 더욱 폭력적인 방식으로 '민중'을 혐오

---

6 [옮긴이] 우리말 번역은 『대지의 저주받은 사람들』, 남경태 옮김, 그린비, 2010.

하는 '민족 부르주아지'를 고발했다. 따라서 포스트식민적인 접근법은 하나의 단순한 시간적인 표시이기는커녕, 식민주의적 상황과 민족주의적 계기에 의해서 산출된 배제의 모든 형태를 면밀히 조사하는 것이다. 그러한 형태들은 엄격한 국경들로 이루어진 영토에 기초한 닫힌 계기로서 인식되었던 것이 아니라, 또 다른 장소들 및 또 다른 시간성들과 상호작용하는 여러 장소와 여러 시간성으로서 인식되었다.

프랑스적 상황에 적용된 포스트식민성은 오랜 투쟁으로 획득한 시민성을 명백히 드러내고 있으며, 그것의 투쟁의 역사와 숨겨진 배제의 역사를(시민적·사회적 권리를 배제당한 노동자·여성·피식민자) 폭로하면서 그것의 규범적인 차원에 의문을 제기한다. 그 포스트식민성은 프랑스가 자국에 부여하고 있는 프랑스 민족 정체성, 공화국 독트린과 이미지의 자리와 역할에 질문을 제기한다. 프랑스 민족을 구성하는 것으로서의 식민지 거주민은 하나의 추가追加 혹은 비합리적인 외딴 곳이 아니다. 식민지 거주자는 너무나 오랫동안 예외로 여겨졌으나, 현실에서는 공화국 그 자체를 만들고 있다. 포스트식민성은 역사의 독법에 대한 일종의 해체를 수행하고 있는데, 예를 들면 노예제도를 단순하게 한정된 역사적 한 시기로 삼는 것이 아니라, 사회적 관계들 속에서, 상상적인 것 속에서, 그리고 대지와 노동과 시간과 실존과의 관계들 속에서 동시에 굴절되는 인간관계들의 조직 구조로 삼고 있다. 포스트식민성은 글로벌화라는 새로운 단계 속에서 작동하는 난폭함과 폭력의 새로운 형태들을 분석하고, 그와 같은 폭력들에 복종하는 집단·민중과 더불어 연대連帶의 실천을 제시한다. 포스트식민성은 예술적인 표현의 모든 현대적인 형태와 미디어들에 주의를 기울인다. 미디어의 범람profusion은 새로운 경제와, 그리고 새로운 문화 산업들과 관련을 맺고 있다. 포스트식민적 분석의 방법론은 또한 식민주의가 식민지와 본국 사이에 부과한 이항 대립이라는 문제 제기를 넘어설 수 있도록 한다(그렇다고 해서 그러한 대립이 갖는 미덕들을 부인하는 것은 아니다. 왜냐하면 가야트리 차크라보르티 스피박Gayatri Chakravorty Spivak이 특기한 것처럼 본질주의는 하나의 정치적인 전략이기에, 무엇보다도 '대지의 저주받은 사람들'의 투쟁을 긍정해야 하는 계기들이 있기 때문이다). 그 방법론은 포스트식민 사회를 관통하는 모든 사회적 현상에 관심을 쏟으면서 그러한 작업을 수행하는데, 그렇다고 해서 이 현상들을 이항 대립의 결과로서 선험적으로 규정하고 있는 것은 아니다. 포스트식민적 비판은 유럽에 대한 보편적·추상적인 이상을 문제 삼지만, 또한 여러 대립과 갈등을 지워 버리고자 하는 성향을 가지고 있는, 그리고 무엇보다도 비판적인 분석을 벗어나고자 욕망하면서 식민지의 과거 속에서 그 모든 문제의 원천을 보는 데 만족해하는 포스트식민적 국가의 정책도 문제 삼는다. 다른 용어로 표현하자면, 포스트식민적 비판은 다음과 같은 점을 인정하고 있다. 즉 "대화와 비판은 국경들의 확산과 교차에 의해서 옮겨진 자들과 지역적 분류의 울타리에 집착하는 자들 사이에 위치한 (이제는 손상되고 갈라지고 오염된) 모든 개체들entités 내부에서 만들어진다".[7]

포스트식민 이론은 인류학, 사회학, 역사학, 정신분석학, 문학 비평과 같은 여러 인문·사회과학 분야로부터 많은 것을 빌려 왔다. 구조주의, 포스트구조주의, 그리고 포스트모던이라고 불렸던 것들이 포스트식민 이론에 강력한 영향을 끼쳤다. 포스트식민 이론에 대해 비난이 가해졌던 것도 바로 그 때문이다. 그 이론은 엘리트주의, 경제에 대한 온당치 못한 무관심, 텍스트와 현실 사이의 혼동, 간단히 말해 문화주의적이고 이론주의적이며 차별주의적인 일탈일 뿐이라는 비난을 받았다.[8] 그 이론에 대한 격렬한 비판자들은 차용·브리콜라주를 부추기는, 그리고 역사적 사건을 분석하기 위해 문학 비평에서 기인한 한 개념을 이용하는 그 무엇을 '이론'이라고 부를 수 있느냐고 말한다. 포스트식민 이론가는 하나의 개념이 어떤 의미로 이용된 것이 아니라 다른 어떤 의미로 이용되었다는 논거를 들이대면서, 그리고 어쨌든 모든 것은 상호 의존한다는 논리를 들이대면서 항상 어려운 상황을 능숙하게 모면할 수 있는 것으로 보인다. 종종 타당한

7 Abdelwahab Medder, "Ouverture", in *Postcolonialisme. Décentrement, déplacement, dissémination, Dédale*, printemps 1997, 5 et 6, pp. 9~16, 인용은 p. 12.

8 Sophie Dulucq, "Critique postmoderne, postcolonialisme et histoire de l'Afrique subsaharienne: Vers une 'provincialisation' de l'historiographie francophone?", in *Écrire l'histoire de l'Afrique autrement?*, pp. 205~222, 인용은 p. 220. 나는 그러한 비판들에 대해 답하고 있는 영어로 작성된 비평적 텍스트들의——그 수가 너무 많은——목록을 여기서 제시하지는 않을 것이다. 그러한 비판은 본질적으로 포스트식민 이론에서 수행된 연구들의 불충분한 '유물론적' 특성과 관련된 것이다.

면모를 보이는 이러한 비평들은 마치 경제도, 정치도, 사회도 중요
하지 않다는 듯이 세상을 단지 억압의 형식하에서만 보고자 하는 몇
몇 포스트식민적 분석의 취약함을 강조하고 있다. 포스트식민적 연
구자들에게 있어서, 사회적·경제적인 것 및 정치적인 것의 이와 같
은 소외는 초기에 결정론적인 맑스주의에 대한 거부라는 명목과, 여
러 상황의 복잡성 및 내용과 형식의 전적인 교차를 충분히 정치적이
지 않은, 다시 말해서 그늘진 지역들에 대해 충분히 주의를 기울이지
않은, 한쪽에서 저쪽으로 관통하는 이원론적 세계관으로 최소화시
켰던 식민화와 탈식민화 이론에 대한 거부라는 명목으로 정당화되
었다. 그렇기는 하지만, 맑스주의와 식민화 이론 및 탈식민화 이론의
진보적인 면모들을 무시하는 것은 애석한 일이 될 것이다.

　포스트식민 연구자들은 다음과 같은 점을 이해하기 위해서 시
각을 바꾸려고 전념한다. 즉 인종적이고 민족적이고 성적이고 정치
적인 정체성 확립의 전략들이, 어떻게 접촉의 상황에 놓여 있기는 하
지만 불평등한 위치에 서 있는 정체성 확립의 시스템들 사이에서의
갈등이라는 폭력적 접촉의 맥락들 속에서 형성되는지를 이해하고자
하는 것이다. 그들은 갑작스럽고 가속화된 과도기적인 계기들 속에
서 개인들이 어떻게 자신을 둘러싼 세계에 대한 지배라는 관념을 다
소라도 간직하기 위해 대책과 연대의 형태들을 발전시키는지를 이
해하고자 노력한다. 이런 대책들은 양식 있는 유럽에 의해서 반동적
이라고 판단된 형태들을 발견할 수 있지만, 그것들은 풍부한 의미를
갖는 담론들과 마찬가지로 분석되어야 할 것이다. 결국 연구자들의

목표는, 내가 말한 바 있듯이, 예외와 자의성의 경험과, 식민지 상황 내부의 정치적인 구조로서의 약탈과 폭력의 경험과, 독재와 인종차별 혹은 경제적 부흥의 경험을 중요시하는 하나의 재해석을 제안하기 위해 유럽적인 정치적 텍스트들을 다시 읽는 것이기도 하다. 이는 이와 같은 유형의 상황이 더 이상 예외적인 것으로 귀착되지 않으면서, 오히려 그와는 반대로, 하나의 구조화되는 계기로 분석되도록 하는 것이다.

　'포스트식민성' 개념은 권력들의 새로운 지도를, 본국과 식민지 사이의 접촉 지대들을, 그리고 식민지들 사이의 접촉 지대들을 가시적인 것으로 만들려고 노력한다. 근본적인 동요를 경험한 현 세계는 개념적인 도구들이 만들어지기를 요구하는데, 이 도구들은 제국들의 역사와 그들의 실패를 고려한다. 포스트식민 이론은 그와 같은 새로운 동요들을, 다시 말해서 대규모의 가속화된 이주와 사회적 구조의 상실, 잔혹함과 폭력이 곧 권리인 정책들의 재출현, 정체성의 후퇴, 폭력의 폭발, 모든 것이 상품이며 판매될 수 있는 자유시장 경제 담론의 헤게모니적인 지배와 같은 새로운 동요들을 설명하고자 노력한다. 포스트식민 이론은 학제 간 학문이 되고자 하고, 부차적인 표현들과 '소수자들'에, 새로운 저항의 장소들(음악, 조형예술, 도시문화 등)에 관심을 기울이고자 하며, 권력과 착취의 새로운 형태들, 지역들과 새로운 교역로들과 국제 도시들의 출현을 목도하는 데 관심을 두고자 한다. 역사는 선형적인 것이 아니다. 게다가 식민지의 역사가 이주와 유배로 만들어졌기 때문에, 그것의 구성 원칙인 '민족'은 더 이상 최고의 준거 대상이 될 수 없을 뿐만 아니라, 그 뿌리 또한 더 이상 가치를 높게 평가받거나 찬양의 대상이 되어서는 안 될 것이다.

전통과 현대성을 대립시키는 것이 중요한 것이 아니라, 그 두 장 사이의 상호 활동을 강조하는 것이, 현대성 속에서의 전통들의 공존을 전통을 통해 다듬어진 현대성을 갖는 가능성으로서 강조하는 것이 중요하다. 인류학자 앨프리드 크로버Alfred Kroeber는 1952년에 이미 "문명들 사이의 문화적 요소들의 교환"을 주장한 바 있는데, 그는 "그 어떤 문명도 하나의 정태적인 대상이 아니라, 흐름과 교환의 과정들에 의해서 연마된 것"이라고 언급했다. 이후 아르준 아파두라이Arjun Appadurai는 'flows'(프랑스어로는 흐름을 의미하는 플뤽스flux)와 미디어·기술·금융·이미지·민족ethnie[9]에 응용된 'scapes'(프랑스어로는 풍경을 의미하는 페이자주paysages)라는(ethnoscapes, mediascapes, technoscapes, finanscapes, ideoscapes) 용어들로 총체적인 경제를 분석할 것을 제안했다. 여기서 '흐름'이라는 개념이 중요한데, 이는 그 개념이 단지 외부의 시각으로만 연구된 것으로 보이는 정태적이고 고착된 사유라는 관념과 단절하고 있기 때문이다. 연구자들은 집단들 사이의 경계의 다공성多孔性, 경제적 혹은 정치적인 권력을 갖지 못한 집단들의 적응력과 즉흥력을 강조하고 있다. 흐

---

9 [옮긴이] 언어·풍속·문화 따위를 공유하는 집단으로 해부학적인 지표에 의한 인종(race)과는 구분되는 개념이다.

름이라는 개념이 강조하고자 하는 것은 민족적인 성격을 부여받고 순수하며 변하지 않는 민족 정체성을 조장했던 사유와 대립하는 **초민족적·초대륙적** 양상이다. '문화 교류화', '이질 문화의 수용', '혼종화', '크레올화' 등과 같은 일련의 개념이 차용적이며 브리콜라주적인 문화적 절차들과 실천들을 묘사하기 위해 제안되었다.

포스트식민적 비평에 의해서 야기된 이와 같은 혼란은 그 적용 범위가 넓다. 유럽의 모든 공헌을 거부하는 자민족 중심주의나 생득설nativisme로의 회귀라는 흐름과는 반대로, 포스트식민 이론은 여러 텍스트에 대한 일종의 교차 독서의 이론이고, 서양과 비서양 사이에서 겹쳐지는, 즉 그 두 진영의 공개적인 갈등 속으로 들어가는 시간성들에 대해 주의를 기울이는 이론이며, 세계의 역사를 선과 악의 투쟁의 역사로 바라보는 것을 거부하는 이론이다. 포스트식민 이론은 식민 본국과 식민지 사이의 상호작용에 주목한다. 다시 말해 이 식민지는 식민지 법령과 판결의 수동적인 집합소가 아니고, 또한 배제의 법칙들의, 인구에 대한 규율 및 처벌 기법들의 실험실이기도 하며, 관습과 사상에 있어서 때로는 더욱 자유롭고 때로는 더 억압적인 본국에 영향을 되돌려주기도 한다. 프랑스 공화국, 프랑스 민족 정체성, 문학적이고 예술적인 표현은 식민지를 전적으로 이해하지 못하는 방식으로 이루어진 것이 아니다. 시민의 모습은 자유를 박탈당한 자, 노예의 모습을 감추고 있으며, 자유롭고 자율적이며 이성적인 개인의 모습을 있는 그대로 구축하기 위해 사용된다. 시민의 입장에서 보자면, 자유인이란 스스로 권리와 의무에서 자유롭고 평등한 인간이 되기 위해 시민이라는 개념을 빌려 온다. 비록 우리가 피식민자의 경험으로부터 출발한다고 하더라도, 그로 인해 밝혀지게 될 것은 세계에 대한 이항적인 어떤 독서가 아니다(식민자 대 피식민자). 비록 그 이항적인 독서가 초기에는 필수적이라고 할지라도 말이다. 그러나 현존하는 세력들과 상호작용들, 영향들, 수렴의 순간들, 그리고 여러 차이점들에 대한 복잡한 시각은, 보편성을 포착하는 것이 불가능하다는 점을 보여 주기는커녕, 세계에 대한 이해에 기여하는 것이다. 이와 같은 차용들, 이와 같은 상호작용들, 또한 이와 같은 무관심들에 관한 연구는 복수의 다양한 여러 원천 속에서의 탐색에 우선권을 부여한다. 내가 바로 민족의 이야기 속에서 그 어떤 자리도 차지하지 못하고 있는 한 섬, 식민지 이전 시기를 경험하지 못한 채 프랑스의 노예제도와 앙가지즘[10]의 결과로 식민지가 된 섬, 바로 그 '라레위니옹' 출신이기 때문에, 내게 중요한 것은 전통적인 문제 제기 방식들을 넘어서는 것이며, 아울러 여러 경계의 다공성과 포스트식민적인 상황들의 전개 속에서 단순히 유럽적인 것만은 아닌 지역 세력들이 발휘하는 영향력을 알아내는 것이다. 아실 음벰베Achille

_____

10  앙가지즘(engagisme)은 노예제도 폐지 이후에 시행된 계약에 의한 이민 시스템에 부여된 명칭이다. 프랑스는 인도와 중국 남부, 그리고 아프리카 몇 개국으로 '지원' 노동자를 모집하러 갔다. 이 노동자들은 계약을 맺었고, 그에 따르면 플랜테이션에서 5년간 노동한 후 각자 자신의 나라로 돌아갈 수 있었다. 계약이 지켜지는 경우는 매우 드물었으며, 지원자들의 생활과 노동조건은 노예의 상황과 비슷했다. 많은 지원자가 보내진 땅에 남았으며, 이런 이유로 아메리카와 인도양의 프랑스 식민지들에 인도인과 중국인이 존재하게 되었다.

Mbembe는 다음과 같이 적고 있다. "포스트식민주의에 관해서는, 그 것이 일종의 끼워 맞춘 시대이자, 단순히 무질서하고 우연적이며 비 이성적인 것만은 아닌 일종의 급격한 증식의 공간이라는 점을 말할 필요가 있다. 그 공간은 또한 완고하고 부동인 것은 아니지만, 폭력 적인 폭발의 영역에 속하며, 그 공간의 양태들은 세상의 축소판이 다." 이와 같은 문제 제기의 다영역성transversalité은 매우 중요하다. 이 다영역성은 식민주의와 포스트식민주의를 연구하는 사람이 원 한, 분개, 고발과 희생양 삼기가 분석을 둘러싸고 있는 하나의 확고 한 시스템을 구성하고자 하는 커다란 유혹에 넘어가지 않도록 해준 다. 내가 전개하는 방식은 완전히 다른 방식이다. 이 방식은 대중적 담론 속에, 그리고 아직도 너무나 빈번히 대학의 담론 속에 뿌리박 고 있는 전통과는 반대 방향을 향한다. 그러한 담론은 오래전에 식민 화된 여러 사회에 대한 정치적이고 문화적인 분석을 식민화에 대한 고발로 제한하고 있다. 문화적 소외라는 개념과 신식민주의라는 패 러다임은 그 역할이 영원히 고정되어 있는 착한 자들과 악독한 자들 의 세계를 연출하는 데 집중한다. 다시 말해 구 식민 강국은 진정 자 유롭고 자율적인 주체의 출현을 방해하기 위해 전력을 기울였으며, 그로 인해 그 지역의 독재자를 지지했던 반면 대중은 순수한 희생자 로 취급했다는 것이다. 이와 같은 생득설은 순수함과 본래의 순수성 이 차후 식민주의에 훨씬 더 살육적이고 훨씬 더 잔혹한 면모를 부여 하게 될 역사 다시 쓰기에 관한 표현인 것이다. 생득설에 대한 주요 논증은 원지성autochtonie이라는 개념 주위를 맴돌고 있는데, 이러한 관념의 수호를 통해 각 조직은 그 어떤 외부적 도움 없이 자신의 문화와 역사성과 고유한 존재 방식을 갖게 될 것이다. 다시 말해 이는 되찾아야 할 어떤 '정수'가 있다는 것이다. 이때 식민화는 일종의 괄호로, 치료되어야 할 어떤 상처로, 메워야 할 하나의 패인 곳으로 경험되었다.

만일 우리가 본질주의적이거나 도덕적인 입장을 고수한다면, 우리는 식민주의에 대한 비판을 권력 행사와 경제 및 사회적 조직과 대표성에 대한 정치 시스템으로 만들어 낼 수는 없다. 도덕은 지식이 아니다. 게다가 사람들이 선하지만 속아 넘어간 것이라는 생각은 우리에게 아무런 도움이 되지 않는다. 민주주의는 다원론적인 것이지 일원론적인 것이 아니다. 때문에 자신들의 이중적인 의식 경험에 의해 식민 세계와 다중 언어와 다종교주의와 다민족성을 상속받은 자들은 민주주의와 문화적 다양성의 관계에 기여해야 한다는 중대한 몫을 갖게 된다. 기억에 민족적인 성격을 부여하는 현상과 복잡한 정치적 상황들을 심리화하며 개별화하는 제물을 바치는 성직자victimaire라는 이데올로기의 대두, 그리고 '진정성'과 '순수'를 재건하면서 서구적 담론에 투쟁하는 기능을 갖는 대항 담론들은 단순히 독창성을 결여하고 있는 것이 아니라, 세계 내 존재로서의 주체가 아닌 잉여 존재로서의 주체를 품고 있는 것이다. 생득설적인 담론 속에서 과거는 식민 폭력에 의해 왜곡된 자아 진리가 묻혀 있는 장소로 상상된다. 다시 말해 그 흠 없는 진리를 되찾기 위해서는 세계주의자와 혼혈과 보편성과 정반대 입장을 취하는 것으로 충분할 것이다. 그렇다고 해서 전도된 위험성에 빠지고, 갈등과 폭력과 잔혹함과 불평등을 망각하면서 세계주의와 혼혈과 중간을 찬양할 필요도 없다. 천부적으로 부여받은 이타성異他性이라는 환상과 사회적 조화가 일단 완수된 혼혈을 지배할 것이라는 확신은 사회적 관계에 대한 이상화를 유지하는 것이자 사회 전체를 가로지르는 긴박함을 부인하는 것이다. 세계적 야만화, 사회 붕괴와 공공 안전을 위한 싸움에 대한 역사적 압력, 세계 도처에서 삶의 양식이 되다시피 한 전쟁은 우리로 하여금 이와 같은 이상화에 참여하는 것을 거부하도록 이끌고 있다. 식민지 세계는 또한 복잡한 세계였으며, 따라서 그 세계는 고립적이지도 않았고, 수입되고 재해석된 사상과 이데올로기의 흐름에 둔감하지도 않았다. 포스트식민 세계를 식민주의 과거의 유산, 산업 국가들 혹은 다국적 기업들의 결정에 의해 전적으로 결정지어진 세계로 보려는 성향은, 마찬가지로 새로운 지역적 지도 그리기 방식을 출현시키는 교역과 만남, 접촉과 갈등이라는 새로운 길을 알지 못하는 것이니, 그러한 길과 더불어 정치적인 사상, 종교 담론, 금융 및 문화 자산, 정부 간의 항의와 신원 확인 기술들이 순환되며, 사람과 무기와 보석이 거래되는 것이다. 게다가 나의 흥미를 끄는 것은, 이러한 길들이 과거의 무역로 혹은 디아스포라의 흔적을 되찾거나 전혀 새로운 길을 그려 내고 있다는 점이다.

포스트식민 이론은 이항 대립을 경계하면서 그러한 접근 방식들을 복잡하게 만들고자 했으며, 중간·교역·접촉을 강조하길 원했다. 피식민자는 여전히 적어도 '두' 언어를 말하며, 여전히 적어도

'두' 문화를 알고 있다. 하지만 아무도 그것을 풍요로움으로 간주하지 않는다. 왜냐하면 두 언어 중의 하나, 두 문화 중의 하나는 고려되지 않기 때문이며, 부차적인 것, 무시되고 대수롭지 않은 것으로 여겨지기 때문이다. 그럼에도 그러한 풍요로움은 재소유화되어야 한다. 다문화성·다종교성·혼종성·하이브리드화, 이것들은 피식민자의 경험이다. 왜냐하면 "그러한 거북함은 후세대에게 독특한 감수성, 사회적 경험에 있어서의 유연성, 시각과 지각의 유동성, 가장 분산된 파편들을 결합시키는 태도를 만들어 내기"[11] 때문이다.

포스트식민적인 접근은 선善에 대한 유혹에서 벗어나게 해주며, 탈식민화의 담론 속에 그리고 식민주의와 탈식민화에 관한 연구 담론 속에, 속죄와 새로움과 악(식민 권력)이 선함(민중에 의해 구현된)에 의해 쓰러질 더 나은 미래를 목적으로 하는 과거의 백지상태를 언급하는 많은 담론 속에 자리를 잡고 있다. 인류 역사에 대한 생물학적 모델——인류는 유년기-청년기-쇠퇴기로 나뉘며, 그 중에서 식민지 민중이 유년기 상태에 있다는——에, 그리고 동시에 인종의 불평등 이론에, 문명 전파라는 사명에도 논박을 가했어야 했던 것과 마찬가지로, 탈식민화에 관한 담론과 이데올로기들에 대해서도 비판을 가할 줄 알아야 한다. 에메 세제르는 이러한 유혹에 따랐다. 그래서 그는 『식민주의에 대한 담론』(1955)에서 피식민 민중의 순진무구함과 위대함을 식민자들의 범죄적인 폭력과 철저하게 대립시킨다.

---

11 Serge Gruzinski, *La Pensée métisse*, Paris, Fayard, 1999, p. 86.

그리고 자신의 논증을 약화시키는 몇몇 주장을 전개하게 된다. 식민화는 아즈텍 문명과 잉카 문명의 "경탄할 만한 인디언 문명을 파괴했"다.[12] 하지만 그에게 다음과 같이 반박할 수도 있었을 것이다. 즉 그 문명들이 '경탄'할 만하지는 않았다는 것을 인정하는 것이, 그 문명들이 당연히 식민화되어야 했었다는 것을 뜻하느냐고 말이다. 식민화 이전 여러 아프리카 사회의 경제는 "자연스럽고, 조화롭고, 지속 가능"했다고 세제르는 적고 있다. "그 사회들은 언제나 민주적인 사회들이었다. 그것들은 협동적인 사회였고, 우애 있는 사회였다." 이와 같은 주장들은 문화와 사회의 서열을 가정한 것이었고, 이것이 정확히 반식민주의자들이 유럽에 가한 비난이었다. 우리가 봐서 알고 있듯이, 세제르에게 모순점이 없는 것은 아니다. 하지만 그는 그 정도로 그치지 않고, 다른 곳에서는 순수성이라는 개념에 의문을 제기한다. 그는 당시 스스로 보편적이고자 원하면서도 유럽적인 담론을 구성하고 있는 뿌리 깊은 불평등을 재론한다. 그는 식민화가 구성하는 토대적인 폭력에 대해 질문을 던지고 식민주의적 진상을 유럽의 주변이 아니라 유럽 중앙에 위치시킨다. 이런 점에서, 세제르는 포스트식민주의 작가이다.

그 피부색을 만들어 냈고, 그 피부색에 매우 정확한 하나의 의미를 부여했으며, 인종주의로 그 피부색에 낙인을 찍은 세계 속에서 흑

---

12 Césaire, *Discours sur le colonialisme*, p. 19~21, 29[『식민주의에 대한 담론』, 21~24, 29쪽].

인이 된다는 사실에 관한 그의 입장들을 다시 읽는 것도 또한 가능하며, 그것에서 그에게 민족적 정체성을 부여하는 문제 제기의 초월을 보는 것도 가능하다. 브라질의 사회학자 리비오 산소네는 내게는 세제르의 담론에 적용되는 것으로 보이는 다른 설명이 필요 없는 표현을 고안해 냈는데, 'Blackness without Ethnicity'(이 표현을 에둘러 말하자면 '민족 정체성 없는 흑인 정체성'으로 번역할 수 있을 것이다)가 그것이다.[13] 산소네는 네그리튀드들les négritudes을 '중간 항로' Middle Passage; Passage du milieu(이는 아프리카에서 아메리카로 향한 노예선의 항해를 가리키기 위해 아프리카계 미국인들이 사용한 용어이다)에 의해[14] 만들어진 초국가적인 정체성의 형태들로 분석할 것을 제안하고 있다. 개인들이 음악적·예술적·언어학적 스타일을 끌어내는 '지구적 기억'이 존재할 수도 있을 것이고, 여기서 아프리카는 상징과 기호의 원천(상징 은행symbol bank)[15]으로 이용될 수 있을 것이다. 이렇듯 흑인의 정체성은 혼합적이고 혼혈적인 것으로 인식되었으며, '검은 대서양'Black Atlantic의 세계는 그에게 순수성의 환상과는 거리가 먼 세계주의의 차원을 부여한다. "나의 네그리튀드는 탑

---

**13** Livio Sansone, *Blackness without Ethicity. Constructing Race in Brazil*, Londres, Palgrave, 2003.

**14** 위의 책, p. 15.

**15** 이러한 견해에 관해서는 다음을 참조하라. Sidney Mintz et Richard Price, *Anthropological Approach to the Afro-American Past: A Caribbean Perspective*, Philadelphie, Philadelphia Institute for the Study of Human Issues, 1976.

도 성채도 아니다"[16]라고 쓰면서 세제르는 자신이 무엇보다도 경험에 관해서 말하고 있음을 보여 준다. 그는 다음과 같은 점을 자각하고 있다. 즉 "네그리튀드는 여러 위험성을 포함하고 있습니다. 이러한 점이 하나의 학파가 되도록 했고, 이러한 점이 하나의 교회가 되도록 했으며, 이러한 점이 하나의 이론이 되도록 했고, 하나의 이데올로기가 되도록 했습니다".[17] 그가 말한 "나는 검둥이다"라는 표현은 일상적인 현실을 가리킨다. 다시 말해 "내가 피부색을 믿는다는 것은 아니다"라고 세제르는 말하고 있지만, "야만과 문명"으로 나뉜 세계 속에서, 게다가 문명이 하나의 유일한 세계인 유럽을 가리키고 있는 상황에서는 "그렇다, 나는 검둥이다. 그래서?"[18]라고 말할 수 있어야 한다. 프란츠 파농 같은 이의 태도는 좀더 정치적이었으며, 좀 덜 '문화적'이었다. 우선 그는 흑인l'homme noir을(세제르의 어휘처럼 파농이 사용하는 어휘는 전형적으로 남성형인데) 상투적인 표현들, 진부한 표현들 속에 가두는 인종주의에 저항했다. 이때의 인종주의는 흑인을 '인간'으로서가 아니라 '검은색'과 동일시하고자 한다. "내게 내 이끎을 강요하는 것은 검은 세계가 아니다. 나의 검은 피부는 특수한 가치들을 담지하고 있는 것이 아니다"라고 파농은 『검은 피부,

---

16 Césaire, *Cahier d'un retour au pays natal*, p. 47[『귀향 수첩』, 이석호 옮김, 그린비, 2011, 50쪽].

17 Entretien, Paris, 8 décembre 1971, in *Comprendre Aimé Césaire*, pp. 197~209, p. 203.

18 "Aimé Césaire à Maryse Condé", in *Lire*, Juin 2004, pp. 114~120.

하얀 가면』에서 쓰고 있다.[19] 세제르의 경우는 문화적 정체성과 역사에 좀더 비중 있는 자리를 부여하고 있다. "정체성, 나는 그것을 위해 투쟁했습니다.……나는 늘 내가 한 민족에 속해 있다고 느낍니다. 나는 프랑스인들에게 반대하지 않습니다. 전혀. 나는 프랑스의 문화를 갖고 있습니다. 하지만 나는 내가 다른 대륙에서 온 사람이라는 것을 알고 있습니다. 나는 다른 문명의 영역에 속하고, 속했던 사람입니다. 게다가 나는 그들의 조상을 부인하지 않는 사람들에 속합니다."[20] 파농이 포스트인종주의적 사회를 건설하려고 시도한 바로 그 지점에서, 그 '피부색'이 더 이상 신원 판별의 기준이 되지 않는 바로 그 지점에서, 세제르는 그 어떤 부정적인 신원 판별도 그것과 결부되지 않으면서도 흑인이 되는 것이 가능한 사회를 강력하게 주장한다. 이것은 더 이상 '좀더'의 신호가 아니며, 역사에 대한 반환 청구이고, 노예무역과 노예와 세계를 가로지르는 디아스포라에 대한 반환 청구인 것이다. 이러한 이유로 'Blackness without Ethnicity'는 유효하다. 이때 네그리튀드는 "체험된 경험들의 합", "참아 낸 억압 공동체", "역사 속에서 역사를 사는 하나의 방식입니다. 다시 말해, 정말이지 한 공동체의 역사의 경험이 그 공동체 인구의 강제 이주, 한 대륙에서 다른 대륙으로의 인간 이송, 요원한 믿음에 대한 기억들, 말

---

19  Frantz Fanon, *Peau noire, masques blanc*, Paris, Seuil, 1952, p. 184.

20  "Paroles de Césaire, Entretien avec K. Konaré et A. Kwaté, mars 2003", in Tshitenge Lubabu Muitibile K. (éd.), *Césaire et nous. Une rencontre entre l'Afrique et les Amériques au XIXᵉ siècle*, Bamako, Cauris Éditions, 2004, p. 9.

살된 문화의 폐허들과 함께 독특한 것으로 드러납니다".[21] 이는 "기억으로서, 충실성으로서, 연대로서의 차이에 대한 의식화"이다. "억압에 대한 거부"인 네그리튀드는 "투쟁"이며, 또한 "지난 수세기 동안에 구성된 것으로서의 문화 시스템"에 맞서는, "유럽의 환원주의에 맞서는" "저항"이다.[22] 우리는 민속적인folklore 의식을 거행하는 것, 비시간적이고 영원한 아프리카의 의식을 거행하는 것을 떠나, 단순화 혹은 이상화를 피하면서도 유럽을 위해 그리고 아프리카를 위해 세계 속에 흑인이 존재한다는 것이 의미하는 바에 관한 성찰로 가까이 다가간다. 인종 문제는 복잡하며 모호하다. 때문에 모든 자성自省은 차별ségrégation의 또 다른 형태가 된다.

각각의 경험에 대해, 세제르는 늘 복합적인 하나의 현실에의 대면이 불가피하다는 것을 강조하려고 노력한다. 그렇기 때문에 그는 마르티니크 사회를 평화와 부드러움의 피난처로 만들려고 하지 않는다. 그가 허락해 주었던 여러 대담에서 그는 자신이 얼마나 이 섬을 "떠나는 것에 그토록 만족"했는지 계속 반복해 말했다. 이 섬에서 젊은 시절의 그는 "숨이 막히는 느낌이었고", [이 섬을 떠나는 것은] 이 "좁고 비열한 사회"에서 벗어나는 느낌이었다. 세제르는 세월이

21 네그리튀드에 관한 연설. 1987년 마이애미의 플로리다 국제 대학교에서 열린 디아스포라 흑인들에 대한 첫 반구 회의에서의 에메 세제르에 대한 오마주. "Négritude, *Ethnicity* et cultures afro aux Amériques", in Aimé Césaire, *Discours sur le colonialisme*, pp. 79~92, 인용은 p. 81.

22 위의 책, pp. 83~84.

동화童話와 달달한 삶의 리듬으로 흘러가는 그런 목가적인 크레올인의 유년기를 구성하지 않는다. "내 유년기는 제쳐 둡시다. 그것은 내게 중요하지 않습니다.……파리, 그곳은 개화의 약속이었습니다. 정말이지 나는 앙티이 사람들의 세계에서는 편안하지 못했습니다. 풍미 떨어지고 진정하지 않은 세계였지요."[23] 프랑스로 간 것은 "해방의 행위"[24]였다. 하지만 이 섬은 그의 영감의 원천으로 남아 있다.

많은 연구자에 의해 강조되고, 폴 길로이Paul Gilroy의 『검은 대서양』The Black Atlantic이 친숙하게 만들어 준, 흑인 세계와 그 세계의 문화적 생성의 세계적인 차원은 정체성의 주름을 거부하는 문제 제기 속에 흔적이 남아 있고, 교환과 접촉의 지도를 그리고 있으며, "우리 흑인 조상들과 우리의 기원인 이 대륙과 더불어, 그리고 이 대륙 출신의 모든 사람과 이 유산을 공유한 모든 사람 사이의 수평적인 연대"[25]와 함께하는 연대의 윤리를 제안한다. 특수성들을 초월하는 이러한 접근법은 흑인의 경험을 말하는 것이 결국 '공동체주의'에 빠진다고 결론 내리는 이항적인 시각이 지배하는 프랑스에서는

---

23 Joseph Jos, "Aimé Césaire, nègre gréco-latin", in *Aimé Césaire. Une pensée pour le XXIᵉ siècle*, Paris, Présence Africaine, 2003, pp. 91~108.

24 예를 들면 다음을 볼 것. François Beloux, "Un poète politique: Aimé Céasire", *Magazine littéraire*, nº 34, novembre 1969. www.magazinelitteraire.com/ archives; Patrice Louis, "Aimé Césaire, le Nègre fondamental", *Le Point*, 20 juin 2003, pp. 102~104; Roger Toumson et Simonne Henry-Valmore, *Aimé Césaire. Le Nègre inconsolé*, Paris, Syros, 1993, pp. 31~32.

25 Beloux, "Un poète politique", *Magazine littéraire*, nº 34, novembre 1969.

부차적인 것으로 남게 된다. 왜냐하면 개인은 역사도 없고 고유한 문화도 없이 추상적인 존재로 남아야 하기 때문이다. 세제르에게 문화적이고 개별적인 정체성들의 영역인 "바로 그 영역에서 프랑스는 항상 뒤처졌다". 그리고 바로 그런 이유로 결코 프랑스는 "용어의 정치적인 의미에서의 자치적이고자 하는"[26] 열망이 있는 여러 해외도와의 관계를 다시 생각해 볼 수 없었다.

세제르를 '미완성 상태의' 포스트식민주의 작가로 만드는 것이 문제가 아니다. 그것은 우스꽝스런 일이 될 것이다. 문제는 식민주의에 의해 형태를 갖춤과 동시에 그 영향력에서 벗어난 포스트식민성에 대한 세제르식 접근법에 강조점을 두는 것이다.

## 세제르와 노예제도

프랑스에서 처음으로 노예제도와 식민주의의 현대적 흔적들에 관한 공적인 토론이 있었던 바로 그때, 노예제도에 관한 세제르의 텍스트들은 오늘날의 교역 현황에서 너무나 자주 잊혔던 사유의 계보를 만들어 냈다. 협회 관계자, 의원, 지식인, 언론인으로 이루어진 이 토론의 주역들은 프랑스가 자국의 역사에서 노예제도와 관련된 역

---

26 Alain Louyot et Pierre Ganz, "Aimé Césaire: 'Je ne suis pas pour la repentance ou les réparations'", *L'Express Livres*, 14 septembre 2005, http://livres.lexpress.fr/entretien.asp/.

사의 여러 장면을 그토록 오랫동안 주시했던 이유들에 대해 자문한다. 이 질문에 주어진 여러 다양한 답변은 중요하다. 왜냐하면 그 답변들은 각 그룹이 보여 주는 것, 다시 말하면 각 그룹이 위치시키는 쟁점들과 민주주의와 차이의 관계를 고려하는 방식을 드러내 주기 때문이다.[27] 하지만 특히, 제시된 답변들 중 지배적인 것은 조직화된 침묵, 고의적으로 감춘 진실에 대한 인식이다. 분명 공립 학교는 흑인 노예무역과 노예제도의 교육에 중요한 자리를 부여하지 않았다.[28] 하지만 이와 같은 역사의 기록을 위한 여러 운동은 네 개의 해외도인 과들루프, 기아나, 마르티니크, 라레위니옹처럼[29] 노예제도를 겪은 오래된 프랑스 식민지들에 수십 년 전부터 존재해 왔다. 1983년 이후 노예제도 폐지와 관련된 각각의 날짜들이 축하되고 휴일로 정해졌다. 역사적 의의를 갖는 저작들도 출간되었다. 만장일치로 가결된 2001년 5월 법안은 노예무역과 노예제도를 인류에 반하는 범죄로 규정했다. 게다가 세제르는 자신이 쓴 글의 핵심 자리를 끊임없이 노예제도에 부여했다. 이 모든 것이 실망감을 달래기에는 충분하지 않았다. 따라서 세제르의 발언들을 재검토하기 전에, 우리는 침묵에 대

---

27 이러한 쟁점들에 관한 논의로는 다음을 볼 것. Françoise Vergès, "Les troubles de mémoire. Traite négrière, esclavage et écriture de l'histoire", in *Cahiers d'études africaines*, décembre 2005.

28 이 점에 관해서는 노예제도 추모위원회의 보고서에 포함된 학교 교육 프로그램과 교과서의 상세한 분석을 볼 것. *Mémoires de la traite négrière, de l'esclavage et de leurs abolitions*, Paris, La Découverte, 2005.

29 Décret, *JO*, nº 83~1003, 23 novembre 1983, p. 3407.

한 인식이 왜 침묵에 대한 공모로 간주되어 존재하는지 분석해 볼 수 있다.

　노예제도가 주변부적 자리를 차지하고 있는 것은 프랑스적 사유에 있어서 어떤 맹점盲點을 가리키고 있다. 맹점인 이유는 다음과 같은 문제들 때문이다. 즉 노예제도를 전前근대로, 후진성으로 돌려보내는 이야기와 노예제도가 보여 주는 근대성의 현실을, 다시 말해 법적·철학적·정치적·문화적·경제적 질서에서 이 시스템과 진보의 공존을 어떻게 양립시킬 것인가라는 문제 때문이다. 맹점인 이유는 노예제도를 연구하기 위해 제국적/식민주의적 계획을 재론할 필요가 없는가라는, 그리고 그 결과 민족의 중심에 자리 잡은 '인종'의 자리에 관해서 재론할 필요가 없는가라는 문제 때문이다. 맹점인 이유는 노예제도 폐지론 시대를 재검토할 필요가 없는가라는 문제 때문이다. 상기해야 할 것은 1848년의 노예제도 폐지가 식민지들에서는 어떤 초석적 순간을 이루지 못했다는 점이다. 다시 말하면 노예제도 폐지는 단절의 가치도, 초석의 가치도 갖지 못한다. 경제적이며 사회적인 극도의 불평등을 개선하는 데 있어서의 무능력, 식민주의적 인종차별에 대한 진정한 반격을 조직할 힘에 있어서의 무능력, 프랑스에 대해 이 영토들의 독립에 관한 토론을 촉진하는 데 있어서의 무능력은 노예제도 폐지를 모호한 순간으로, 즉 중요한 날짜인 동시에 지켜지지 않은 약속으로 만든다. 노예제도 폐지는 국가적 신화 속에서 프랑스가 노예 세계에 주어야 했던 것이 되어 버린다.

　이러한 질문들의 부차성에 대한 검토가 착수되어야 한다. 그 원인들과 양태들에 대한 이해가 중요하다. 프랑스를 비난하고, '유죄성'culpabilité에 관해 말하는 데 긴 시간을 보내는 것은 유용하지 않다. 이 용어의 역사가 왜 그리스도교적 사유와 긴밀하게 관련되어 있는지, 혹은 재판정의 장면이 어째서 직접 긴장감을 진정시키는지를 입증하지 않는다 하더라도, 유죄성이라는 유일한 영역에 자리 잡는 것은 정치적으로 막다른 골목에 이르는 길이다.

국가적 신화 속에서 프랑스는 지금까지 노예제도 폐지 운동에 강조점을 두는 것을 선택했다. 이는 그 운동에 앞선 것과 뒤따른 것을 동시에 지워 버리면서 행한 선택이었다. 노예제도 폐지는 역사에 기입되었지만, 의미가 지워진 채였다. 노예제도 폐지는 프랑스의 정체성을 구성하는 위대한 이야기에, 19세기 역사가들의 이야기에 속하지 않는다. 1848년에 관한 이야기들은 노예제도 폐지 법령을 보여주고 있지만, 그것은 공화국의 위대함을 보여 주는 수많은 예 중의 하나로만 제시되고 있다. 우리는 식민지들에서 아직도 진행되는 사회적 현실에 관해서는 그 무엇도 알 수 없을 것이다.

1948년 4월 27일 소르본 대학 연설에서 세제르는 노예제도 폐지 법령이 얼마나 프랑스에서 주의를 끌지 않은 채 진행되었는지를 강조하고 있다.[30] 그는 19세기가 위고, 발자크 그리고 스탕달의 세기, 다시 말해 문학과 프랑스 사상의 위대한 세기라는 것을 상기시킨다.

---

30 Césaire, *Victor Schœlcher et l'abolition de l'esclavage*, Lectoure, Éditions Le Capucin, 2004, p. 65.

하지만 그는 "같은 시기에, 아프리카는 약탈질로 거덜 났습니다"[31]라고 환기시킨다. 분명 1848년의 법령은 "수선된 과거였으며, 준비된 미래였습니다. 그것은 당시까지 인간이 이루는 가족 안에서 짐을 나르는 가축이었던 검둥이에 대한 인정이었습니다".[32] 하지만 빅토르 쉘셰르의 저작은 "단순히 역사적인 관점이 아니라 거대한 동시에 불충분한······비판적인 관점에서"[33] 보아야 한다. 왜냐하면 "인종차별이 거기 있기 때문입니다. 그것은 사라지지 않았습니다. 유럽에서 인종차별은 또다시 시간을 기다리고 있습니다. 민중의 싫증과 환멸을 염탐하면서 말입니다. 아프리카에서 인종차별은 현존하고 여전히 작동 중이며 해롭습니다. 이슬람교도와 그리스도교도, 유대인과 아랍인, 흑인과 백인을 대립시키면서 말입니다. 그리고 문명의 접촉에 대한 매우 불안한 문제를 과격하게 왜곡시키면서 말입니다".[34] 쉘셰르에 대한 세제르의 존중이 그런 사실을 보지 못하게 하지는 못했다. 세제르는 그 보편주의자이자 휴머니스트에게서 유럽 문명에 대한 과대평가, 유럽적 가부장주의를 찾아낸다.[35] 노예제도는 프랑스에서 "학설의 본체, 시스템, 선전, 사유의 방식, 느끼는 방식이자 동시에

31 Césaire, *Victor Schœlcher et l'abolition de l'esclavage*.
32 위의 책, p. 73.
33 위의 책, p. 75.
34 위의 책, p. 70.
35 Discours du 21 juillet 1951, à Fort-de-France, in Aimé Césaire, *Victor Schœlcher et l'abolition de l'esclavage*, p. 86.

하나의 믿음"이었다.[36] 또한 그 원칙들에도 불구하고 노예제도를 폐지하는 데 "공화국은 주저"했다. 게다가 노예제도 폐지자의 가부장주의적인 연설은 노예제도 폐지 이후 "화합과 인내"를 할 것을 권장했다. 프랑스 공화국은 정치적 권리들을 제한하는 것을 받아들였다. 그 이유는 "검둥이들은 그 어떤 정치적 삶에 대한 준비도 하지 않았기" 때문이며, "검둥이들은 큰 어린아이여서 자신의 의무와 마찬가지로 권리도 알 수 없기" 때문이다.[37] 우리가 알고 있듯이, 세제르는 쉘셰르와 공화파의 노예제도 폐지 운동에 대한 두터운 믿음에 기반한 찬사를 공언하고 있지는 않다. 그는 제2차 세계대전 전에 받은 교육의 흔적을 간직하고 있다. 그 교육은 우리가 한참 뒤에 유럽 중심주의라고 불렀던 것이 강하게 스며들어 있는 교육이었다. 그럼에도 불구하고, 그는 유럽의 추상적인 보편주의에 질문을 던지고, 노예의 얼굴과 노예제도 폐지의 유감스런 실현 속에서 노예의 후손들에게서 볼 수 있는 양면적인 관계의 원천들을 식별한다.

세제르가 1948년에 한 지적들은 오늘날 필요한 노예제도에 관한 이와 같은 새로운 성찰의 출발점을 이루고 있다. 그는 이미 여러 학술적인 글과 여러 이야기가 존재한다는 것을 이해하고 있었으며, 1848년의 노예제도 폐지에 관한 이야기가 노예제도의 오랜 역사를 철저히 고찰하지 못하고 있음을 알고 있었다. 노예제도의 폐지는 또

---

36 위의 책, p. 19.
37 위의 책, p. 41.

한 노예제도의 종결인 것도 아니다. 왜냐하면 그 흔적들이 노예제도 폐지 이후 한 세기 이상 일상의 삶 속에 구체적인 영향력을 갖고 있는 여러 묘사와 표현이라는 형태들 속에 남겨져 있기 때문이다.

당시에 아무도 노예제도를 과감하게 고발하지 않았다고 주장하는 현대 세대들에게 세제르는 잊혔다. 이와 같은 무지함은 침묵의 헤게모니가 있었다는 확신, 그 침묵이 모든 앎의 영역을 식민화시켰다는 확신을 키웠다. 엘리키아 음보콜로는 "창립자들"에 대한 이와 같은 태도를 무척 유감스럽게 생각한다. "텍스트 읽기, 텍스트 연구는 다음과 같이 말하게 해준다. 즉 그는 이것과 저것을 주장했다. 만일 내가 그 점을 인정하지 않는다면, 그것은 이러저러한 이유 때문이다. 하지만 나는 그런 점을 넘어서기 위해서 그 점을 준수한다."[38] 세제르의 저서들에 대한 미약한 지식은 너무 단순한 요약으로 귀착될 수 있다. 예를 들면 www.grioo.com과 같은 사이트에서 세제르는 반동적인 인사로 여겨지고 있다. "그들이 전성기를 누리고 있을 때, 에메 세제르, 레오폴 세다르 상고르 혹은 알리운 디오프Alioune Diop와 같은 흑인 지식인은 특히 네그리튀드를 언급하면서 '흑인'에 더 높은 가치를 부여하기를 시도했다. 하지만 이런 철학은 반동적이고 겉치레뿐인 특성으로 인해 결함이 있었다. 그것은 그 철학이 결국에는 식민자가 단지 그 철학이 그렇게 되기를 바랐던 것이 되었을 뿐이라

---

38 Elikia M'Bokolo, "Césaire, penseur du politique", in *Césaire et nous*, pp. 92~101, 인용은 p. 101.

는 의미에서의 결함이었다."[39] 그런데 만일 세제르가 단호하게 식민주의의, 나아가 보수적인 동화의 궁지들을 고발한다고 하더라도, 그는 피식민자들을 갈등도 없고 과오도 없는 순수한 존재로 만들려고 하는 만족감에 굴하지 않는다. 세제르의 철학이 반동적이라고 말하는 것은 잘못이다. 하지만 그의 철학은 조화로운 미래의 환상 속에서의 결실을 허락하지는 않는다.

오늘날 제기되고 있는 것과 같은 '흑인 문제'는 다음과 같은 사실에 근거하고 있다. 다시 말해 노예무역과 노예제도는 국가적 이야기 속에서 부차적인 위치를 차지하고 있다는 것이다. 노예제도 추모위원회Comité pour la mémoire de l'esclavage; CPME는 보고서에서 다음과 같은 사실을 강조하고 있다.

그들[노예들—베르제]의 역사와 그들의 문화는, 노예무역과 노예제도가 그러하듯, 우리의 집단적 역사를 이루고 있다. 그런데 국가의 이야기는 이 고통과 저항의 이야기, 침묵과 창조의 이야기를 통합하고 있지 않거나, 아주 적은 부분만 통합하고 있다.

이 위원회는 또한 다음과 같은 점을 상기시키고 있다.

---

39 Étienne De Tayo, "Les défis des intellectuels africains de la diaspora", 14 septembre 2005.

노예제도 폐지는……공화국이 합법적으로 자랑스럽게 여길 수 있는 행사로 소개되었다. 하지만 노예제도 폐지 축하 행사는 지금까지 몇몇 공화주의자의 활동만 강조하고, 노예무역과 이 시스템의 폐지에 대한 프랑스와 식민지에서의 여러 저항을 부차적인 것으로 만들기 위해 노예무역과 노예제도의 긴 역사를 잊게 만들기를 원했다. 그 결과 노예제도 추모와 노예제도 폐지 기념이라는 두 가지 행사에 대한 여전히 현재적인 대립이라는 결과가 발생한다. 전자는 노예제도에 기원을 둔 협회들과 관련되어 있고, 후자는 보통 프랑스 본국과 결부되어 있다. 이러한 대립을 인식하고 있는 CPME의 위원들은 노예제도 추모제와 노예제도 폐지 기념식이 유익한 방식과 시민 정신으로 대화할 수 있는 만남의 장을 만들려고 노력했다. 바로 그 장에서 공유된 하나의 기념식이 이루어질 수 있을 것이며, 역사적인 사업이 발전할 수 있을 것이다.[40]

세제르는 노예제도 폐지의 양면적인 특성을 강조했다. 해방된 노예들은 피식민자로 남았다. 노예들로 인해 발생한 '손해'에 대한 배상을 받은 것은 주인들이었던 반면, 사회적·경제적 불평등은 계속되었다……. 하지만 노예무역과 노예제도의 역사에 관한 과업이 비방과 고발로 한정되어서는 안 된다. 노예제도는 비난하기는 쉽지만 이해하기는 어렵다. 왜냐하면 인간이 종종 자신의 이웃이기도 한 다

---

40  나는 CPME의 부위원장이며, 총리에게 제출하는 보고서의 총괄 책임자이다.

른 사람을 팔아먹는다는 것을 정당화하는 것을 어떻게 설명할 것인가와 같은 문제이기 때문이다. 이러한 사실을 '문명'의 가장자리로 몰아넣는 것, 그 사실을 '야만'이라고 부르는 것은 설명이 되지 않는다. 어떻게 노예무역이 그토록 오랫동안 지속될 수 있었는가? 노예무역은 그 자원이 고갈되지 않을 것이라는 점을 확신시키기 위해 유럽, 아프리카, 아메리카, 인도양에서 그 무엇을 중계자로, 방편으로, 담론으로 배치시켰던가? 플랜테이션 시스템의 가혹함에도 불구하고 어떻게 노예들은 문화와 독창적인 언어를 만들어 냈을까?

수년 전부터 수면 위로 떠오른 이러한 토론은 위와 같은 점들을 재검토한다. 하지만 그런 얇은 파편적이고 부분적이며, 지나치게 단순히 요약된 사항들이 기원의 자리를 차지한다. 그럼에도 불구하고 탈식민화 이후 제기될 이와 같은 문제들을 연구하는 텍스트를 다시 읽어 보면 우리는 그런 개략적인 요약들을 보여 줄 수 있으며, 더욱 근본적인 동시에 더욱 복잡한 중요성을 다시 토론에 부칠 수 있다. 노예무역과 노예제도가 돌이킬 수 없는 것이라는 점을 끈기 있게 반복하고 있는 세제르는 수동적이고 짓눌린 입장을 지지하지 않는다. 그가 이러한 돌이킬 수 없음과 더불어 살고자 바란다고 말하는 것은 그것을 더욱 잘 극복하기 위해서이다.

이러한 어려움 속에서, 노예제도와 그것의 유산들에 대한 이와 같은 무관심 속에서 확인되는 것은 현대적 사유 속에 노예를 통합하기가 불가능하다는 사실이다. 피식민자는 현대성의 한 모습이며, 현대적이고 문명화된 인간의 괴물 같은 분신이다. 하지만 어쨌든 분신이기는 하다. 노예는 전근대적인 세계에 속하는 자일 것이며, 야만적이고 시대에 뒤떨어진 세계의 흔적일 것이다. 그렇기에 그 자체로는 현대성에 속할 수 없는 것이다. 그런데 미국이나 브라질에서 시민의 권리에 관한 토론들이 보여 주는 것은 바로 시민성과 평등에 관한 현대적 토론의 주역으로서의 노예의 현대성이다.

## 세제르와 식민주의

세제르는 우연히 정치를 하게 되었다고 말한다. "내가 정치인이 된 것은 사명감에 의해서라기보다는 오히려 운이 좋았던 덕분입니다. 나는 이 말을 겸허하고 자랑스럽게 합니다."[41] 그럼에도 불구하고 그는 수십 년 동안 국회에서 마르티니크 진보당과 마르티니크 민중을 구현해 낸 사람이 되었다. 또한 그는 소위 해외 식민지를 도로 만드는 법안인 1946년 법안에도 관여했다. 이 법안은 최초의 식민 제국의 식민지들——과들루프, 기아나, 마르티니크, 라레위니옹——을 해외도로 변모시켰다. 혁명 이전이자(이 영토들은 17세기에 식민지가 되었다) 공화국 이전(때문에 1830년부터 모습을 갖추었고 제3공화국 하에서 확장된 식민 제국보다 앞선다) 제국의 이 기념물들은 노예제도에 기반한 사회·경제 제도, 플랜테이션 시스템, 앙가지즘, 강제 노동과 식민주의를 경험했다.

---

41  1981년 12월 6일자 『르몽드』 인터뷰.

과들루프, 마르티니크, 라레위니옹 그리고 프랑스령 기아나를 프랑스의 도로 지정하려는 정부 제출 법률안에 관한 프랑스의 해외 영토위원회la commission des Territoires d'Outre-mer의 토론이 시작되었을 때, 다음과 같은 두 가지 입장이 대립했다. 하나는 동화에 찬성하는 측이었고, 다른 하나는 자치에 찬성하는 측이었다. 하지만 이 두 용어 중 어느 것도 10년 후에 갖게 될 의미는 여전히 획득하지 못하고 있었다. 세제르는 1946년에 "동화"란 "문제의 영토들이 프랑스의 연장延長으로 간주된다"[42]는 것을 의미한다는 의견을 밝힌다. 반면에 "자치"는 도의회가 어느 정도 예산상의 자치권을 지속적으로 얻는다는 것을 함축하고 있다. 그런데 세제르와 반식민주의자들이 보기에는, 도의회가 플랜테이션 농장주들의 수중에 있기 때문에, 만일 도의회가 자치권을 획득해 공화국 법률에 따르지 않게 된다면 플랜테이션 농장주들에게 지속적으로 특권을 부여할 수도 있었다. 그럼에도 불구하고 어느 입장에 있어서나 식민지의 해방은 식민지가 도로 변하는 과정을 거친다는 것은 확실했다. 양 진영의 성명서를 다시 읽어 보면, 우리는 용어가 얼마나 바뀌었는지를 가늠할 수 있다. 하지만 문서 보관소를 다시 뒤져 보면, 우리는 또한 얼마나 문맥이 상이했으며 한정적이었는지도 가늠할 수 있다. 법률안이 논의

---

42  제헌의회 문서 보관소, 해외영토위원회, 1946년 3월 6일. Françoise Vergès (éd), *La Loi du 19 mars 1946. Les débats à l'Assemblée constituante*, La Réunion, CCT, 1996, p. 44에서 재인용.

되었던 의회는 프랑스를 새롭게 조직하기 위해 '해방' 직후에 선출되었다. 모든 것이 논쟁의 대상이 되었다. 즉 새로운 정부 조직, 새로운 언론법, 상이군인들에 대한 배상금, 포로와 나치 수용소 생존자들의 귀환, 식민 제국 병사들의 처분, 가스와 전력의 국유화와 같은 문제들이 논의되었다. 전국 일간지들에서는 구소련의 곡물 수송, 프랑스 군부대의 '통킹만' 상륙, 뉘른베르크 재판 과정, 대독 협력자들의 재판 과정, 무엇보다도 식량 부족이 언급되었다. 신문기자들은 몹시도 부족한 식량, 석탄과 장작이 보관되어 있는 창고를 여성들이 습격했다는 폭동 소식을 알렸다. 의원들이 '조국 프랑스'로의 통합을 요구한 식민지들에 관해서는 단 한 줄도 없었다. 인도차이나 반도, 알제리 혹은 프랑스령 서아프리카를 중요하게 다룬 기사 역시 대수로운 것이 없었다. 이 식민 제국 프랑스가 연합군에 그토록 많은 병사를 보냈음에도 말이다. 1946년 법안의 가결은 프랑스 언론에서 거의 반향을 얻지 못했다. 『피가로』지와 『오로르』지는 한마디도 언급하지 않았으며, 『위마니테』지는 그 사실을 짧게 알렸다. 여론은 입법과 관련된 토론에 열중했다. 하지만 식민 제국을 흔드는 요동에는 무관심했다. 더 심각하게도 혐오감과 인종차별이 퍼져 나갔다. 미지불금과 본국 송환을 기다렸기 때문에 항의하던 식민지 주둔 병사들은 무관심의 대상이었다. 그렇지 않으면 엄하게 진압되었다. 사회주의자인 해외 영토 장관 마리우스 무테Marius Moutet는, 세네갈의 티아로예Thiaroye 주둔지에서 발생한 [프랑스 해외 식민지의] 원주민 보병 부대 학살에 관한 질문들에 답변하면서, 그것은 "독일인에게 이용당한 병사들"[43]에 대한 헌병대의 단순한 작전이었다고 진술했다.

1946년의 법안은 정치적인 사건으로 기록되지는 않지만, 그 법안이 표현하고 있는 평등에 대한 요구는 **이타성**異他性의 문제를 제기한다. 세제르는 그에 관해 차후에 다시 언급하게 된다.

인간들은 여러 세기 전부터 한 국가의 정식 시민으로 인정받았다. 하지만 부차적인 시민권의 자격을 갖고 있는 사람들이 어떻게 다음과 같은 점을 이해하지 못하겠는가. 즉 그들의 첫번째 운동은 그들 시민권의 공허한 형식을 거부하는 것이 아니라, 그것을 완전한 시민권으로 바꾸려고 노력하는 것, 손상된 시민권을 그저 시민권으로 변화시키려고 노력하는 것이 되리라는 점을 말이다.[44]

1946년 법안에 대한 다시 읽기는 식민지에서의 해방이 국민국가 창설의 형태로 나타나야 한다는 주요한 문제 제기로부터 발생한다. '오랜 식민지들'에 의해 제기된 그 문제는 다음과 같다. "당신들이 항상 보편적인 것이길 원했던 '모든 인간은 자유롭게 태어나고 법 앞에 평등하다'라는 주장을 통해 평등에 대한 천부적 권리를 확증합니다. 식민지에서의 예외 상태를 유지하는 것 이외에, 당신들은 1848년에 형식적으로는 시민으로서의 우리의 평등을 인정했습니

---

43 Vergès (éd), *La Loi du 19 mars 1946*, p. 11.
44 Guérin, *Les Antilles décolonisées*, p. 10에서 재인용.

다. 하지만 실제로는 인정하지 않았습니다. 그런데 만일 우리가 당신들과 평등한데도 그 상태에 동반되는 권리에서는 소외되어 있다면, 당신들은 누구입니까?" 다른 말로 표현하자면 다음과 같다. 즉 특정한 개인들에게만 적용될 뿐인 이 보편적 평등이란 무엇인가? 평등이 보편적 원칙이 아니라 언제나 예외에 종속되어 있을 뿐이라면 그것을 어떻게 정당화할 수 있는가? 1946년에 제기된 문제는 매우 현대적인 것이다. 즉 같은 한 영토 위에서 평등하고 다른 것이 가능한가? 혹은 평등하고 다르기 위해서는 민족주의 독트린이 남긴 길을 따라야 하는가? 다시 말하자면 만일 별개의 두 영토가 만들어지지 않는다면 협력을 이루어 내는 것이 불가능하다고 인정해야 하는가? 이것이 바로 젊은 연구자들, 예술가들 그리고 활동가들이 노예무역과 노예제도에 대한 보고서와 식민지 기억을 둘러싼 토론을 계기로 오늘날에도 여전히 공화국에 던지고 있는 질문이다.

1946년의 법안과 그 법안의 적용이 거의 불가능함은 평등과 이타성을 결합시키는 데 있어서 공화국이 처한 난관 전체를 다시금 보여 준다. 평등은 형식적인 원칙처럼 보이는데, 그 이유는 그 원칙을 사건들 속에서 표현하는 것이 문제가 되자마자, 그 난관들이 명백히 드러나기 때문이다. 게다가 사회적 권리들에 있어서의 평등이 단지 1990년대 말에서야 완전하게 획득될 것이라는 점을 강조하는 것이 중요하지 않은 것은 아니다. 여러 토론을 통해 위원회는 전쟁 이후 식민지 계획의 양면성을 백일하에 드러냈다. 문제는 '프랑스 연방'을 조직하는 것이다. 다시 말해 평등의 원칙, 식민 지배를 받는 주민들의 너무나 큰 다양성, 상업적 이해관계, 명백히 부상하는 국민적 열망, 강대국들 사이에서 지위를 보전하려는 프랑스의 욕망, 이 모두를 동시에 고려하는 조직을 고안해 내는 것이다. 그러한 계획은 불가능한 것처럼 보인다. 아마도 식민지들의 다양성을 존중한다는 것일 터인데, 하지만 그때 "오베르뉴 지방의 한 농민이 자신의 종교에 합당한 학교를 갖는 것에 있어서 [알제리 산악 지방에 위치한] 카빌리아의 농민과 동일한 권리를 갖지 못한다는 것을 어떻게 이해할 수 있을 것인가?"[45] 이와 같은 [한 프랑스 농민의] 신념은 존재하며, 그 신념에 따라 식민 제국이 정치적·경제적 협력의 행정적 총체로 변모될 수도 있을 것이며, 이는 선의라는 유일한 기반 위에서 가능할 것이다. 그럼에도 불구하고 프랑스 연방 계획의 서두는, 만일 연방이 "폭넓게 승인되어야" 하며, 그 구성원들이 "인간으로서의 모든 본질적인 권리와 자유를" 향유해야 한다면, 프랑스는 "국민을 위한 책임을 지고 스스로를 통치할 자유와 그들의 고유한 관심사에 대한 민주적인 행정을 향해 국민들을 [인도할 수 있는—베르제] 전통적인 사명"[46]에 충실해야 한다고 주장했다. 초기 주장의 관대함은 문명화 사명이라는 원칙들의 유지에 의해, 그리고 어쨌든 '파트너'라고 불린 국민들의 천부적 안내자로서의 위치를 프랑스에 부여했다는 점에 의해

---

45  자크 바르두(Jacques Bardoux), 위원회 임무 동안 농민 그룹의 위원. Vergès (éd), *La Loi du 19 mars 1946*, p. 20.

46  위의 책, p. 12.

반박되었다. 그럼에도 불구하고 위원회는 포스트노예제적인 식민지들의 미래와 다른 식민지들(프랑스 연방 계획에 관련된)의 미래를 구별하고 있다. 포스트노예제적인 식민지의 의원들은 프랑스 공화국 내에 남기를 원한다. 만일 그들이 다른 식민지 민중들의 자주적 결정의 요구를 지지한다면, 그들은 공화국의 범주, 즉 레스 푸블리카res publica의 범주를 제외하면 그들의 사회 내부에서 식민지적 위상의 종말을 이해하지 못하는 것이다. 그들이 말하듯, 해외 영토의 독특성은 정부들에 의해 중요시되었지만, 부정적인 방식으로였다. 즉 그 독특성은 처우의 불평등을 상쇄하려고 노력한 것이 아니라 유지하려고 노력한 일종의 예외를 정당화하기 위해 있는 것이었다. 세제르는 다른 이유로 다음과 같이 상기시킨다. 즉 "프랑스에 자리 잡았던 전제적인 체제들은 항상 그 영토들이 '예외적인 땅'으로 간주되어야 한다고 생각했다"[47]는 것이다. 제헌의회에서의 그의 보고는 공화국 방식의 동화를 그 법안들의 완전하고 전체적인 적용을 통해 주장하는 반식민주의적 좌파의 논증들을 계승한다. 동화는 "규칙이 되어야 하고, 위반은 예외가 되어야 한다"[48]고 세제르는 밝힌다. 식민지에서 주민들은 "냉혹한 행정 기관의 모든 박대를" 받고 있으며, "무방비 상태로 양심 없는 자본주의와 통제 없는 행정의 탐욕스러움에 지배받고 있다".[49] 세제르는 공화국이 대지주들에게 부여한 특권들을 이

---

47 Vergès (éd), *La Loi du 19 mars 1946*, p. 72.
48 위의 책, p. 77.

식민지 주민들의 이름으로 규탄한다. 청원을 받은 재정 및 예산 위원회는 그러한 법률 적용을 보증하기 위해 지불해야 하는 대가에 강조점을 둔다. 위원회가 강조한 것은, 자국의 재건을 위해 많은 자금을 필요로 하는 시기에 프랑스인들이 비싼 대가를 치를 위험이 있다는 것이다. 세제르는 수만 명의 군인이 프랑스의 해방에 공헌하기 위해 [식민] 제국으로부터 몰려왔다는 것을 환기시키면서 평등의 원칙이 주머니 돈으로 검토되는 것에 분개한다. 하지만 식민지는 언제나 험난한 예산 논쟁의 대상이었다. 프랑스는 한편으로는 문명을 전파하고 고귀하며 원칙적으로는 돈으로 계산되지 않는 사명이라는 담론과 다른 한편으로는 수익성의 규칙이 지배하는 프랑스의 이익 사이에서 이러지도 저러지도 못했다. 이 식민지들이 얼마의 가치가 있는가, 그리고 무엇을 가져다줄 것인가? 그것을 아주 잘 알 수는 없다. 이 사실이 끝없이 갈등을 야기했다. 한편으로 프랑스는 식민지 혹은 구 식민지로 인해 부유해질 것이고, 다른 한편으로 식민지 혹은 구 식민지의 주민들은 계속해서 제멋대로인 배은망덕한 아이로 처신할 것이다. 1946년의 토론 몇 년 후에 한 고위 관리는 미래의 해외도 주민들을 위해 사회적 평등을 시행하는 것은 대가가 클 것이라고 밝혔다. 그 이유는 "이 목표[생활수준의 평등 — 베르제]에 도달하기 위해서는 프랑스인 전체가 해외의 우리 동포들을 위해 자신들의 생활수준을 25%에서 30% 정도 낮추는 것에 동의해야 하기 때문이다.⋯⋯

---

49 위의 책, p. 80.

그러므로 우리는 생활수준의 동화를 결정하지 않았다고 말하는 용기를 가져야 한다. 게다가 우리는 경제적 및 사회적 평등과 더불어 모든 정치적 권리에서 평등을 부여하기를 원하지 않으며, 그렇게 할 수도 없기 때문에, 동화에 관해서는 더 이상 말할 필요가 없다".[50] 사회적 평등은 구 피식민자를 위한 권리가 아니었고, 그것은 투쟁으로 실현되었다.

식민지의 위상에 종지부를 찍는 법안이 1946년 3월 19일 가결되었다. 하지만 그 법안의 알맹이는 순식간에 비워졌다. 그 법안의 명제는 지방 우파들에 의해 맹렬한 공격을 받았다. 지역 우파들은 1946년에 특별하게 토의되지 않았던 측면을 끌어들여 발전시킨다. 문화적 측면이 그것이다. 동화는 식민지 사회들의 문화적·종교적 다양성, 그리고 그들 역사의 특수성, 노예제도와 앙가지즘과 식민주의의 특수성을 부인하기 위해 꿈꾸던 기회를 찾아낸 보수주의자들의 모토가 되어 간다. 보수주의자들의 손아귀 속에서 동화는 한편으로는 개인들을 균질화하는 의지, 특수성을 지워 버리는 의지가 되고, 다른 한편으로는 그러한 단독성들을 구조적인 지연을 고려하는 정치적 행동들로 표출하려는 열망들에 대한 억압이 된다. 1948년부터 해외도의 의원들은 법률 적용에 취해진 지연을 강조하며, 따라서 뒤이은 여러 해 동안 그들은 지속되는 불평등을 꾸준히 재론한다. 그

---

50 Déclaration de M. P.-H. Teitgen, au sujet des pouvoirs spéciaux demandés par Guy Mollet, in Guérin, *Les Antilles décolonisées*, p. 12.

들이 사용하는 어휘는 조금씩 더 분명해진다. 이렇게 해서 1953년에 레몽 베르제는 "어떤 의원들이 권리 평등에 찬성 혹은 반대하는지, 인종차별에 찬성 혹은 반대하는지를 강조해 줄"[51] 국회의 투표를 요구한다. 사회적 개선은 더디고 게다가 주민들은 자신이 중앙정부로부터 멸시당하고 무시당한다고 생각한다. 자치권의 요구가 구체화되고, 세제르의 진영은 그것을 채택하게 된다. 그의 지지자들은 자치권이 그들 지방의 일관성 있는 발전을 향한 유일한 길이 될 것이라 말한다. 그를 비방하는 자들에게 자치권은 프랑스와의 결별로 열린 길이 될 것이다. 바로 이와 같은 영역에서 1960년대 말과 1980년대 사이에 정치적 대립이 발생하게 될 것이며, 종종 폭력적인 대립이 벌어지기도 할 것이다. 정부들의 입장에서 해외도 발전의 걸림돌은 다름 아닌 출산율이다. 즉 식민지 여성들이 너무 많은 아이를 낳았다는 것이다. 자치권 요구에 대한 반대 투쟁과 사회복지의 유지는——자치권이 프랑스의 지원을 끝낼 수도 있다——연결되어 있다. 하지만 프랑스의 지원 유지에는 성생활의 교화가 따라야 한다. 양자택일이 분명하게 말해졌다. 즉 보수주의자들이 이해한 것과 같이 있는 그대로의 도道 만들기, 혹은 비참함이 그것이다. 해외도와 해외 영토 담당 국무장관 피에르 메스메Pierre Messmer는 1971년 6월 11일에 다음과 같이 양자택일을 진술한다. "만일 너무나 중요한 이점들을 지키고자 한다면, 도의 지위를 지켜야 합니다. 나는 단순히 물질적인 이

---

51  의회 연감, 제헌의회 문서 보관소, 1953년 7월 2일 회기.

점들을 생각하는 것이 아니라 공적 자유의 수호를 생각합니다. 다른 체제는 쿠바식이든 아이티식이든 이러한 자치권들의 소멸로 귀착할 것입니다."[52] 그리고 조금 뒤에 그는 다음과 같이 덧붙인다. "이와 같은 불안은 우선 인구 과잉에서 발생합니다." 만일 메스메가 "여성들에게 아이를 낳으라고 혹은 낳지 말라고 말하는 것"은 정부의 일이 아니라고 분명하게 말하고 있는 거라면, 두 가지 정책이 시행되고 있는 것이다. 하나는 적극적인 피임이고(당시 프랑스에서는 피임이 여전히 금지되어 있었다), 다른 하나는 해외도 이주 추진 사무국Bureau pour le développement des migrations dans les départements d'Outre-Mer; BUMIDOM에 의한 이주다. 수만 명의 과들루프, 기아나, 마르티니크, 라레위니옹 사람이 1960년대부터 프랑스로 보내졌다. 세제르는 "대체 민족 말살"이라고 말하게 될 것이다. 몇몇 관찰자에게 있어서 이 영토들은 도라는 위상에도 불구하고 여전히 식민지이다. 게다가 이러한 확고부동함이 가시적인 영역들 중의 하나는 교육의 영역이다. 여기서 내가 인용하고 있는 것은 바로 미셸 레리스의 견해인데, 그는 에메 세제르와 길고도 깊은 우정을 맺었으며, 그 우정은 레리스가 죽을 때까지 계속되었다. 세제르의 "휴머니티에 대한 열정"에 관해 말했던 레리스는 1963년 18명의 마르티니크 청년들의 소송에서 다음

---

52  *Le Monde*, 11 juin 1971, Lilyan Kesteloot et Barthélemy Kotchy, *Comprendre Aimé Césaire. L'homme et l'œuvre*, Paris, Présence Africaine, 1993, p. 182에서 재인용.

과 같은 의견을 진술하게 된다. "프랑스는 문화적 동화 정책을 시행하고 있습니다. 프랑스 청년들에게 교육하듯 지역적 조건과 지역적 과거에 대한 고려 없이——혹은 충분히 고려해——교육이 행해졌습니다."[53] 레리스는 '마르티니크 반식민주의 청년 조직'Organisation de la jeunesse anticolonialiste de Martinique; OJAM 소속 젊은이들이 재판에서 증언한 내용을 받아들였다. 이 청년들은 "국가 권위에 반하는 음모를 꾸미고 영토 보존을 침해한" 피고인이었고, 검사 측은 국가 정책을 인정하지 않는 해외도의 활동가들에 관한 모든 소송을 담당했다. 소송에서 레리스는 식민지 정책의 문화적 차원에 관해 강조했다. 즉 "프랑스의 역사를 교육하기 전에, 마르티니크 젊은이들에게 가르쳐야 할 것은 바로 앙티이의 역사입니다. 이 젊은이들은 거의 대부분이 노예 상인에게 끌려온 아프리카 노예들의 피가 다소간 섞인 후손입니다."[54] 하나의 언어, 바로 크레올어가 있으며, 이 언어는 프랑스 교육자들이 믿게 하고 싶어 하듯이 사투리가 아니라고 레리스는 계속 말을 이어 나간다. 레리스는 갈등과 교환, 문화적 긍정과 창조성의 영역으로서의 문화적 장에 관한 이러한 주장에서 세제르와 합류했다.

세제르는 식민화에 의해 만들어진 땅이자 노예제도가 창궐했

---

**53** Daniel Guérin et Michel Leiris, "Les Antilles. Département ou colonie?", *Aletheia*, mai 1964, n° 3, pp. 182~186, 인용은 p. 183.

**54** 위의 책, p. 185.

던 땅에서 태어나고 살아간다는 것이 의미하는 바를 끊임없이 분석했다. 하지만 그는 언제나 그것의 현대적인 윤곽을 이해하고자 했다. 그는 1946년 법안 채택에서 자신이 수행한 역할에 대해 "그 어떤 죄의식도, 편파적인 애정도" 갖지 않았음을 인정했다. 왜냐하면 그는 그 법안이 문화적 차원을 고려하지 않아서 곧바로 한계에 봉착하게 될 것이라는 점을 분명하게 경고했기 때문이다. 유럽은 "변호의 여지가 없는" 상태라고 그는 『식민주의에 대한 담론』 서두에 적었다. 그 텍스트는 새로운 식민주의적 수정주의가 나타난 시기에 다시 읽을 만한 가치가 있을 것이다.[55] 세제르가 말했던 문화, 정체성, 새로운 휴머니즘의 윤곽들을 연구하기 위해서는 우선 식민주의가 피식민자와 식민자에게 끼친 폐해에 대한 연구가 필요할 것이다. 식민자에 대한 폐해들도 필요한 이유는 "식민화가 [식민자를─베르제] 야만스럽게 만들려고 애쓰고, 문자 그대로 그를 바보로 만들려고 애쓰고, 그를 타락시키려고 애쓰고, 탐욕, 인종적 증오, 도덕적 상대주의 같은 그의 감춰진 본능들을 깨우려고 애쓰기 때문이다".[56] 오늘날 식민주의에 대한 변명에서 다시금 그렇게 하고 있듯, 교량과 도로의 수를 세는 것이 식민주의 작가들조차 묘사한 식민지 세계의 편협함을 감출 수는 없다.[57] 여전히 강력하게 맑스주의적인 헤겔 철학이 현저

---

55 Césaire, *Discours sur le colonialisme*, p. 7[『식민주의에 대한 담론』, 9쪽].

56 위의 책, p. 11[위의 책, 12쪽].

57 다음 저작의 사례들을 참조. Jacques Weber (éd.), *Littérature et histoire coloniale*, Paris, Les Indes savantes, 2005.

한 텍스트 『식민주의에 대한 담론』은 파괴, 난폭함, 모든 형태의 식민주의에 의해 피할 수 없이 생산된 폭력에 대한 신랄함을 담고 있으며, 그렇기 때문에 이 계획의 난관을 잊지 않게 한다.

1946년에 경험했던 이 같은 실패는 민주주의가 감추고 있는 것, 하지만 그 민주주의를 회복하는 것, 즉 인종 개념을 민주주의의 어두운 중심부로 되돌려 보낸다. 이것이 옛날에 지배받은 민족들이 생산한 지식에 '시민권'을 주려 애쓰고, 1946년에 민주화 요구를 방해한 프랑스적 사유가 처한 이론적 궁지이다. 하지만 더욱이, 연구자들과 사상가들에게 있어서 이 에피소드가 얼마나 무시되고 주변으로 밀려나 있는지를 언급해야 한다. 1946년에 제헌의회에 불청객으로 온 사람들에 대한 이야기는 프랑스에서 적힌 대로의 식민지에서의 해방이라는 서사시에도, 분노와 피 속에도, 추방과 유배 속에도 기록되지 않는다. 알제리 전쟁이 그 전형이며, 각자는 그 전쟁에서 자신의 자리를 찾을 수 있다. 즉 참여 지식인, 가난한 소작인, 굶주린 피식민자, 반항자, 버림받은 자, 원칙으로 인해 공격당한 공화제, 이 모든 것은 질서 정연한 하나의 극작법이자, 다시 쓰기의 끝없는 원천이다. 그런데 해외도들은 이러한 낭만적 이미지 중 어떤 이미지도 보여 주지 않지만, 공산주의와 연합해 당선된 의원들, 사회적 권리의 평등과 '공화주의' 어휘를 주장하는 조합들 등등의 이미지들은 보여 준다.

공화국 내의 평등 요구는 역설적으로 국가적 이야기로부터 이 대중들을 배제했다. 왜냐하면 정치적 역사의 기술 행위는 명확한 규칙들에 의해 지배되기 때문이다. 즉 그것에는 웅변적 옹호자들, 낭만적인 영웅들, 충격적인 죽음, 공화국이 비극적 행위들 속에서 공화국의 정당성을 재연하는 장면들이 필요하다. 그 점에서 우리는 부정선거, 급여의 평등, 학교에서의 우유 혹은 학생 식당의 부족, 사회보장과 출생 전후 진료의 결여 등등에 관해 의회 토론을 한다. 그것은 긍지가 없는 것이다. 포스트식민지에서 사회적 평등을 위한 투쟁이라는 문제는 혁명적인 순간들의 위대한 숨결에 의해 살아난 것은 아니다. 중개의 이야기는——그동안 주요 당사자들은 자신이 처한 입장의 올바름을 설득시키려고 시도하는데——영웅 이야기들과 같은 매력을 보여 주지는 못한다. 패배한 식민주의의 폐허 위에서 되찾은 존엄성은 토론, 타협과 협상으로부터 요구된 존엄성의 이야기보다 더 극적인 이야기를 제공한다. 내가 그들의 민족적 해방을 위해 투쟁하는 민중의 고통과 요구의 정당성을 다시 문제 삼는 것이 아님은 분명하다. 내가 강조하는 것은 이야기의 위상에 대한 것이다. 해방에 대한 이야기들의 위계적인 구성은 이론적 결과들을 갖지 않는 것이 아니다. 거기에는 희생자들의 경쟁이 있을 수 없을 것이고, 이야기들의 위계가 있을 수 없을 것이다.

그럼에도 불구하고, 그 세대가 프랑스적 정체성 속에 동화되기를, 즉 녹아들기를 원했다고 비난하는 것은 그 세대의 텍스트들을 급하게 읽어 버리는 것이다. 왜냐하면 프랑스의 정치적 사유는——국민 통합이 분명히 위협받는다고 느끼지 않으면서도 작동되는 스페인 독일 혹은 영국의 지역들과는 달리——자국 레지옹들의 자치권 (1946년 요구의 내용과 이후 자치권에 대한 요구의 내용이 '위상'statut

의 문제에 기댄 완고한 태도를 위해 무시되었던)에 대해 생각하려고 애쓰기 때문이다. 내용보다 우위에 있었던 것은 형식이다. 즉 프랑스와의 합병 혹은 분리와 같은 양자택일이었는데, 프랑스는 프랑스와 자국 영토들 사이 관계의 재검토에 관한 모든 논의를 그러한 양자택일에 빠트렸다. "우리는 타인이 되는 것을 요구하지 않았습니다. 우리는 동등한 사람이 되기를 요구했습니다. 그리고 결국 만일 우리가 프랑스의 시민이 되어야 했다면, 글쎄요, 우리는 상당수의 권리를 갖게 되었을 것이고, 상당수의 불평등은 사라졌을 것입니다"[58]라고 세제르는 1972년에 다시금 분명하게 말했다. 자치권을 생각하는 것의 어려움이 보수주의자들의 전유물은 아니었다. 모리스 토레즈Maurice Thorez에게 보낸 프랑스 공산당 탈퇴 편지에서 세제르는 프랑스 공산주의자들에게서 볼 수 있는 점들을 비난했다. 즉 "그들의 고질적인 동화주의, 그들의 무의식적인 쇼비니즘, 모든 측면에서 서양의 우월함에 대한 그들의 상당히 유치한 신념——그들이 유럽 부르주아들과 공유하고 있는——, 유럽에서 일어났던 대로의 발달만이 유일하게 가능하다는 확신, 유일하게 바람직하다는 것, 그 발달은 세계 전체가 통과해야 할 발달이라는 것, 요컨대 인정하는 경우는 드물지만 실질적인 그들의 신념, 즉 대문자 C로 시작하는 문명Civilisation에 대한, 대문자 P로 시작하는 진보Progrès에 대한 그들의 확신이 그것입

---

58  Césaire, conférence de presse à l'Université de Laval, Québec, 1972, in Kesteloot et Kotchy, *Comprendre Aimé Césaire*, p. 185.

니다(이는 그들이 거만하게 '문화적 상대주의'라고 부르는 것에 그들이 보이는 반감의 증거이며, 물론 문학적 족속에게서 정점을 찍은 모든 과오이며, 이 족속은 툭하면 당의 이름으로 단정적인 말을 합니다)".[59]

"우리는 협력을 원했지, 지배를 원하지는 않았습니다. 만일 프랑스 정치인들이 양자택일을 이해하지 못한다면, 만일 그들이 복종과 분리 사이의 선택을 제시한다면, 그들에게는 딱하게도 안된 일입니다"라고 세제르는 20여 년이 지난 후에도 밝히고 있다.[60] 이것이 바로 그의 약점이다. 그 두 극단 이외의 관계를 생각하는 것의 불가능성이 그것이다. 정치적 질문은 제기되었다. 즉 공화국이 여러 모습인가? 공화국이 식민화한 남녀들을 평등하게 인정할 수 있는가? 세제르와 1946년의 그의 친구들은 프랑스에 잊히고 무시된——노예와 피식민자의 후손이었기 때문에——시민들이 존재한다는 것을 둘러싼 어둠을 벗겨 내고 싶어 했다. 따라서 그들이 존재한다는 것을 드러내면서, 인종차별적 민족주의를 의문시하게 될 다양성과 이타성을 보여 주고 싶어 했다. 그런데 프랑스에서 인종과 인종차별에 관한 모든 논쟁은 평등과 노예무역을 계승한 인종적 서열 사이의 관계, 정치와 문화의 관계, 인종적 지배와 인종적 욕망 사이의 관계를 고려해야 했고, 이러한 목적으로 그 영토들의 역사를 계승해야 했다. 만일 식민

59 Lettre à Maurice Thorez, publication de Parti progressiste martiniquais, s.d. (세제르 문서 보관소).

60 Césaire, conférence de presse à l'Université de Laval, in Kesteloot et Kotchy, *Comprendre Aimé Césaire*, p. 189.

제국을 분석할 때 종종 인종이 문제인 경우에 대부분의 연구가 노예의 모습을 결코 드러나도록 하지 않는다는 것을 확인하는 것은 놀라운 일이다. 인종차별에 관한 대다수의 연구에서 핵심적인 인물은 다름 아닌 피식민자이다. 그런데 유럽적 상상 속에서 노예는 영원히 인종적인 성격을 부여받아 왔다. 즉 노예라는 것, 그것은 흑인이라는 것이고, 흑인이라는 것, 그것은 노예 신분이 될 운명인 것이다. 노예 제도의 폐지는 '흑인=노예'라는 등치 관계를 끝내지 못했다. 1848년에 해방된 노예는 식민 지배를 받는 시민, 예외라는 법적 틀(원로원의 의결senatus consulte)에 종속된 시민이다. 시민권에 대한 공화주의의 견해는 보편주의적이다. 왜냐하면 그것은 배타주의의 종말을 요구하기 때문이다. 하지만 이 보편성은 이성이라는 개념에 근거하고 있으며, 어떤 인간들이 다른 인간들보다 더 많은 이성을 갖고 태어났다는 것을 인정하는 인종 이데올로기에 의해 더럽혀졌다. 어떤 사람들은 **다른 사람들보다 더 나은 시민**일 수 있다. 피식민자들은 이러한 모순을 계속해서 강조했다.

그럼에도 불구하고 한 세대 전체에 있어서 1946년은 하나의 수치스러운 사건으로 남는다. 라파엘 콩피앙에게, 그 법은 '원죄'처럼 앙티이 제도를 짓누른다.[61] "자기 아버지 세대에게, 그리고 우선 그 세대 중 시조인 에메 세제르에게 배신당했다고 생각하는 아들"에 의

---

61 Raphaël Confiant, *Aimé Césaire, Une traversée paradoxale du siècle*, Paris, Stock, 1994, p. 32.

해──게다가 여성들의 완전한 부재에 유의하면서── 설명된 그의 분석에서, 비난의 대상이 된 사람은 환멸과 실망감을 지니고 있는데, 그런 감정들은 다른 곳에서 결정된, 우리가 조금도 영향력을 갖지 못하고 있는 논리에 항상 굴복하는 나라에서 살아야 한다는 사실에 동반된다. 해외도에서 살아 본 모든 사람은 그 실망감을 이해할 수 있다. 우리는 종종 프랑스적 보편주의의 한계에 부딪친다. 우리가 역사적으로 식민지들의 공동체주의로 인해 고통을 받았기 때문에(실제로 이러한 현상의 첫번째 예들 중의 하나는 식민지 **공동체주의**이며, '백인들'의 그것이다. 이 백인들은 자신들을 둘러싸고 있는 사회에 대해 전혀 알고 싶어 하지 않으면서 폐쇄된 방식으로 그들 내의 삶을 산다) 공동체주의의 상태에 이르고 싶은 것이 아니라, 문화와 역사를 기입하고 재인식하게 하도록 노력한다는 것을 설명하는 데 엄청난 에너지를 소모한다. 평등과 이타성의 관계를, 수십 년 동안 일정하게 유지되고 휘둘린 프랑스에 의한 '추방'의 두려움의 문화를 재검토하는 것은 후회에 대한 분석과는 다른 분석의 길을 알리는 것을 가능하게 한다. 프랑스와 그 지역들 사이의 관계를 조직하는 토론에 전적으로 정치적인 차원을 회복시켜 줄 수 있어야 한다.

## 세제르의 현재성

오늘날 세제르를 다시 읽는 것, 그것은 계보학적인 일을 하는 것이다. 그의 텍스트들은 더 정의롭고 인종차별 없는 세상을 위해 몇 년

전부터 다시금 시작된 토론을 예고하고 있으며, 그 토론은 세제르가 체험한 1930년대 '흑인의 파리'Paris noir[62]의 젊은 남녀들의 요구와 분석에 대한 메아리다.[63] 그것은 또한 '인종' 개념을, 그리고 프랑스 사상에서 그 개념의 역할을 변경하는 것이기도 하며, 그 인종 개념을 통해서 '검둥이'의 자리를 변경하는 것이다. 프랑스 공화주의의 보편성은 집단들을 그들의 민족적이고 문화적 기원을 통해 '구별하는' 모든 시도를 강력하게 거부한다. 이 보편성을 구별하기를 인정한다는 것에 대한 거부 그 자체를 통해 고귀해지기를 원한다. 그렇게 되면 누구나 공정할 것이고 따라서 평등할 것이다. 그럼에도 불구하고 역사는 완고하며, 게다가 역사는 원칙들이 충분하지 않다고 계속 환기시키고, 개인들이 어떻게 함께 살아가는지를, 그들이 함께 견디게 해주는 것을 차근차근 이해해야 한다고 계속 환기시킨다. 다른 공정한 개인들과 더불어 한 사회를 구성하는 것은 공정한 개인이 아니라, 사회적 삶 속에서 그리고 사회적 삶을 통해 스스로 구성되는 개인들이다. 개인들이 열등한 자들로 간주되고 또 그렇게 취급되는 자들로 구성되어 있는 사회에서, 그것이 원칙들의 반대 방향으로 향한다고

---

62 [옮긴이] 1930년대에 파리에 살게 된 흑인의 수가 많이 늘어난 것을 가리킨다.

63 다음을 볼 것. Pascal Blanchard, Éric Deroo et Gilles Manceron (éd.), *Paris noir*, Paris, Hazan, 2001; Philippe Dewitte, *Les Mouvements nègres en France pendant l'entre-deux guerres*, Paris, L'Harmattan, 1985; Bennetta Jules-Rosette, *Black Paris. The African Writers' Landscape*, Chicago, University of Illinois Press, 1998; Tyler Stovall, *Paris Noir. African-Americans in the City of Light*, New York, Houghton Mifflin, 1996.

주장하는 것은 우스꽝스러운 일이다. 평등법 이후 10년이 지난 1955년에, 세제르의 친구 레리스는 마르티니크와 과들루프에 대해 말하면서 "식민지 유형의 경제가 끈질기다"는 것을 인정했다. 레리스는 정부의 과업이 "오늘날 프랑스의 시민인 유색 마르티니크인들과 과들루프인들을 **구체적인** (오직 법적인 점에서) 평등으로 이끄는 것"[64] 이라고 강조했다. 또한 그는 다음과 같이 쟁점을 표현했다. "멀리 떨어진 본국에 의해서 퍼트려진 문화에(이주와 너무나 다양한 삶의 조건들에) 전적으로 동화될 수도 없고, 어느 정도는 민족 문화일 수 있는 오래된 전통 문화의 도움을 받을 수도 없는 그런 상황에서 자신의 길을 찾는 것은 분명 어려운 문제다."[65] 세제르는 그것을 다음과 같은 말로 표현했다. "길을 잃는 두 가지 방법이 있습니다. 특수성에 의한 격리 혹은 '보편성'으로의 용해가 그것입니다."[66] 그는 "뒤따라가는 대신에 창조하는 힘을" 요구했고, "동맹과 종속을 혼동하지 않는 자신의 의지"[67]를 단언했다. 좌파와 프랑스 공산주의의 식민주의적

---

64  Leiris, *Contacts de civilisation en Martinique et en Guadeloupe*, Paris, Gallimard/UNESCO, 1955, p. 10, 강조는 레리스. 레리스는 1848년 혁명 100주년 기념의 일환이었던 교육부 장학금을 받았다. 그는 1948년 7월 26일부터 11월 3일까지 그곳에 체류했고, 여러 지식인 중에서 세제르를 만났다. 그가 적은 바에 따르면, 그의 목표는 "국민 공동체의 삶에 프랑스령 앙티이에 자리 잡은 비유럽 출신자 그룹들을 통합시키려는 목적으로 시행된 수단들에 대한 비판적 검토"를 수행하는 것이 었다(p. 9).

65  위의 책, p. 113.

66  Césaire, *Lettre à Maurice Thorez. Discours à la Maison de Sport*, Fort-de-France, Parti progressiste martiniquais, c. 1956, p. 21(세제르 문서 보관소).

인 가부장주의를 경험한 세제르는 새로운 관계의 형태들을 만들어 낼 필요가 있음을 이해했다. 그가 문학에 제안했던 "언어에 대한 불법적 사용", 즉 "해적질"[68]은 정치에 적용될 수 있다. 다시 말해 노예 제도와 식민주의에서 태어난 민족적 성격을 부여하는 유산으로부터 해방시키기 위해 자유와 평등의 약속들을 불법적으로 사용하는 것이 그것이다.

폴 길로이 같은 연구자들은 식민주의가 그 핵심적인 면에서 얼마나 유럽과 관계가 있는지를 웅변적인 방식으로 분석한 세제르에게 자신이 빚지고 있음을 인정한다.[69] 세제르가 "새로운 휴머니즘"을 거론할 때, 그 자신이 아이러니한 방식으로 말하고 있듯, 그가 "새로운 교리문답"을 추구하는 것은 아니다. 그가 제안하는 성찰은 식민주의적 역사를 주변부로 몰아내는 것이 아니라, 오히려 반대로 그 역사에 대면하고 질문을 던지는 성찰이다. 유럽 주요 도시들에서 우리는 평등에 대한, 그리고 차이의 인정에 대한 요구들을 걱정하는 목소리들을 다시 듣는다. 요구되는 것은 '시민권'(허용받을 권리)이고, 유럽에 자리 잡고 있으며 세제르가 묘사한 바 있는 "야만 상태로의 회귀"를 재검토하기를 받아들이는 하나의 유럽이다.

---

67 위의 책, 각각 p. 21과 p. 15.

68 Césaire, "Et la voix disait pour la première fois: Moi, Nègre", *Le Progressiste*, 21 juillet 1978(세제르 문서 보관소).

69 Paul Gilroy, *After Empire. Melancholia or Convivial Culture?*, Londres, Routledge, 2004.

# 네그리튀드, 보편성에 포획되지 않는 특이성을 위하여

이 책은 2005년 프랑스의 알뱅 미셸Albin Michel 출판사의 '지식의 여정'Itinéraires du savoir 총서로 출간된 에메 세제르Aimé Césaire와 프랑수아즈 베르제Françoise Vergès의 대담집인 *Nègre je suis, nègre je resterai*를 우리말로 옮긴 것이다. 이 책에는 이 두 사람의 대담 외에도 베르제가 쓴 「후기」Postface와 에메 세제르 연보 및 간략한 참고 문헌이 포함되어 있다.

　베르제가 세제르와 대담을 갖게 된 것은 크게 다음과 같은 두 가지 이유에서인 것으로 보인다. 하나는 베르제가 어린 시절부터 세제르에 대해 알고 있었다는 점이다. 베르제의 증언에 따르면, 그녀의 할아버지 레몽 베르제Raymond Vergès는 과거 프랑스령이었던 마르티니크, 과들루프, 라레위니옹, 기아나 등을 프랑스 해외도海外道로 바꾸려고 할 때 그 당시 국회의원이었던 세제르와 함께 일했다고 한다. 해서 그녀의 집에서 종종 세제르의 이름이 사람들 입에 오르내렸다는 것이다. 다른 하나는 베르제 자신도 세제르처럼 프랑스 식민지였던 라레위니옹 출신이라는 점이다. 그 자연스러운 결과 그녀 역시 식민제도와 노예제도 등에 큰 관심을 갖게 되었고, 그 여정에서 세제르에 대해 좀더 알고자, 그리고 특히 너무 빨리 잊혀 가는 세제르의 가치와 중요성을 다시 한번 부각시키고자 생각하게 된 것으로 보이며, 그 결과가 바로 이 책에 실린 대담의 형태로 구체화되었다고 할 수 있을 것 같다.

우리나라에만 국한시켜 보더라도 '네그리튀드의 아버지'로 불리는 세제르의 수용은 아주 미미한 편이다. 그의 저작으로는 『귀향수첩』*Cahier d'un retour au pays natal*, 『어떤 태풍』*Une Tempête*, 『식민주의에 대한 담론』*Discours sur le colonialisme* 정도가 번역 출간되었고, 그의 저작에 대한 연구도 활발하게 이루어지고 있는 편은 아니다. 더군다나 세제르의 생애·작품·사상 등을 본격적으로 소개하고 있는 책은 거의 없는 실정이다. 이러한 상황에서 세제르와 베르제가 가진 대담을 주된 내용으로 하는 이 책의 의의를 다음과 같이 지적할 수 있겠다.

우선 이 책에서 우리는 세제르가 영위했던 삶을 단편적으로나마 엿볼 수 있다. 프랑스령이었던 마르티니크에서 태어나 고향 섬을 저주하고 혐오했던 세제르, 어떻게든 프랑스 본토로 떠나고 싶었던, 그러면서 해방의 기쁨을 맛보고 싶었던 세제르, 보편성의 이름으로 모든 식민화를 정당화시키는 논리를 개발해 내는 프랑스 지식의 산실인 고등사범학교에서 풍요로우면서도 고뇌에 찬 청년 시기를 보냈던 세제르, 다시 마르티니크로 돌아와 '독립'과 '동화' 사이에서

'자주'를 부르짖으며 정치 활동을 벌였던 세제르, 시인과 극작가로서 네그리튀드를 주창했던 세제르, 오랫동안 시장으로 복무하면서 식민주의를 청산하고 노예제도의 아픈 흔적을 씻어 내기 위해 고군분투했던 세제르, 차이와 다양성을 내세우며 모든 인간의 평등과 권리를 강조하는 '새로운 휴머니즘'과 '문명 간의 대화'를 주장한 세제르 등의 모습이 그것이다.

그다음으로, 이 책을 통해 세제르의 내면을 들여다볼 수 있다. 대담 중에 세제르는 자신이 시나 연극과 같은 문학 작품, 이론서 성격을 띤 저작 등에서 이미 자신의 생각을 많이, 그것도 너무 많이 얘기해 버렸다고 말하고 있다. 하지만 대담자인 베르제는 아직도 세제르가 밝히지 못한 채 흉중에 품고 있는 생각들, 세제르의 말 가운데 잘못 이해된 부분들, 말했지만 잊힌 조각들에 초점을 맞추어 대담을 이끌어 가고 있다. 그 과정에서 세제르는 과거와 현재를 매끄럽게 연결하고 종합해서 '세제르적 담론'이라고 할 수 있는 하나의 통일된 '목소리'를 내고 있는 것으로 보인다. 그러니까 베르제는 이 대담을 계기로 포스트식민 담론과 관련해서 세제르에게 돌아가야 할, 그가 당연히 누려야 할 '온전한 몫'을 되찾아 주는 데 일정 부분 성공하고 있다고 하겠다.

여기에 더해 '대담'이라는 형식이 갖는 장점을 지적할 수 있을 것이다. 대부분의 경우 하얀 종이를 앞에 두고 시도하는 '글쓰기'에는 이른바 '자기 검열'이 따르기 마련이다. 자기와 주위 사람들에게 불리한 내용을 글로 쓰는 경우에 자기 검열은 더욱더 엄중해진다. 하지만 대담은 이와 같은 글쓰기에 비해 즉흥적인 성격을 띠기 때문에 자기 검열의 정도가 훨씬 약할 수밖에 없다. 따라서 속내 이야기를 털어놓는 경우에도 글로 쓸 때보다 훨씬 더 솔직하고 훨씬 더 자연스러울 수 있다. 『식민주의에 대한 담론』 등에서도 읽을 수 없는 내용, 가령 민감한 사안이었던 마르티니크, 과들루프, 라레위니옹, 기아나 등을 프랑스 해외도로 만드는 과정에서 세제르가 가지고 있었던 생각, 또 그가 실제로 보여 주었던 태도 등에 대한 사후적인 해석과 정당화가 그 좋은 예가 될 것이다

　이 책을 우리말로 옮기는 중에 공교롭게도 일본과의 위안부 협상이 있었다. 특히 배상 문제에 대한 협상 아닌 협상이 관심거리였다. 세제르는 이 대담에서 식민주의에 대한 '배상' 문제에 예민한 반응을 보이고 있다. 그의 대답에서 우리의 관심을 끌었던 부분은 금전적 배상은 너무 쉬운 배상, 따라서 참다운 의미에서의 배상이 못 된다고 말한다는 점이었다. 상업적이고 계산적인 단순한 셈법에 의한 배상이 아니라 도덕적 배상, 진심으로 잘못을 뉘우치는 도덕적 감정에 입각한 배상, 타인에 대한 의무를 우선시하는 배상의 필요성을 강조하는 세제르의 태도는 우리의 실정에도 고스란히 적용되는 것으로 보인다. 게다가 식민화의 모든 폐해를 식민자들의 책임으로만 돌리지 않고 식민화를 허용한 마르티니크 주민들의 반성을 촉구하는 자세 역시 우리의 과거를 되돌아보는 계기를 마련해 주는 중요한 지적이라 생각한다.

　이 모든 것에도 불구하고 이 책의 백미는 역시 세제르가 과거에

만 몰두해 있지 않고 미래지향적인 비전을 제시한다는 점에 있다고 할 수 있다. '새로운 휴머니즘'과 '문명 간의 대화'가 그것이다. 이 책의 제목이기도 한 "나는 흑인이다. 나는 흑인으로 남을 것이다"라는 단언은 단연 미래지향적이다. 이 단언의 바탕에는 '나'는 '나'이고, '너'는 '너'라는 생각이 깔려 있다. 그 어느 한편의 원칙·법칙·체계로 일반화되고 포획될 수 없는 '나'만의, 그리고 '너'만의 고유성과 특이성이 있다는 생각, 곧 '나'와 '너'는 서로 존중받아야 하는 존재라는 생각, 따라서 '우리' 사이의 유대 관계는 동등한 권리와 의무 위에 정립되어야 한다는 생각이 그것이다. 차이와 다양성을 인정하고 존중해야 한다는 생각, 이와 같은 생각은 민족·국가·인종·문화에도 그대로 적용될 것이다.

아울러 베르제가 세제르와의 대담에 덧붙인 「후기」에서는 세제르를 포스트식민주의 관점으로 읽는 작업의 의미를 식민주의에 대한 기존의 관습적 틀을 넘어서는 읽기가 가능하다는 점에서 찾고 있다. 베르제는 포스트식민주의 담론의 출현 시점에서부터 출발해 동양에 대한 이미지가 서양인들에 의해 고안된 하나의 허구였다는 것을 언급하며, 특히 세제르의 사유를 바탕으로 식민주의 이론, 타자 개념, 나아가서는 포스트식민주의에 대한 고정된 인식 틀까지도 비판하고 있다. 또한 그녀는 세제르와 노예제도, 세제르와 식민주의, 세제르의 현재성이라는 민감한 주제들을 통해 세제르의 발언을 재검토하면서 식민지와 식민주의를 바라보는 세제르의 통찰력 있는 혜안을 드러내고, 세제르의 저작을 이 시점에 다시 읽어야 하는 필요성과 당위성을 환기시키고 있다.

　늘 그렇듯 한 권의 책이 나오기까지는 여러 분의 도움이 있게 마련이다. 공명할 수 있고 또 공감해야 하는 아프리카 문학에 관심을 가져 주시고, 오랫동안 원고를 기다려 주신 그린비출판사 여러분께 감사의 말씀을 드린다. 이 대담집이 이미 출간되어 있는 세제르 선집에도 조그마한 보탬이 되기를 희망한다. 또한 어려운 상황에서도 힘을 모아 전진하고 있는 '시지프' 멤버들에게도 감사의 말을 전한다. 특히 아프리카 현지에서 삶을 영위하면서 큰 힘을 주고 있는 만종, 혁찬에게 고마움을 전한다.

2016년 4월
시지프 연구실에서
변광배 · 김용석

# 에메 세제르 연보

### 1913년 6월 26일

에메 세제르 출생. 마르티니크의 바스포앵트에서 칠남매를 둔 한 가정의 둘째로 태어난다. 아버지는 세무서의 조사관이었으며, 어머니는 주부였다.

### 1919~1924년

바스포앵트 초등학교에서 공부한다.

### 1924년

포르드프랑스에 위치한 빅토르 쇨셰르 고등학교의 장학금을 받는다. 그를 가르친 교사로는 마르티니크 문화에 대한 지지 행동으로 알려져 있는 질베르 그라티앙Gilbert Gratiant과 옥타브 마노니Octave Mannonni가 있다. 마노니는 『식민화의 심리학』*Psychologie de la colonisation*의 저자이며, 세제르는 『식민주의에 대한 담론』*Discours sur le colonialisme*에서 그 텍스트를 공격하게 된다.

### 1931년

파리에서 『검은 세계 잡지』*Revue du monde noir*가 창간되어 6호까지 발간

된다. 마르티니크 출신의 두 젊은 여성이자 파리에서 학생 신분으로 있던 폴레트 나르달Paulette Nardal과 앙드레 나르달Andrée Nardal이 살롱을 연다. 그녀들의 살롱에는 시인들과 앙티이 제도 출신 작가들이 출입했는데, 그 중에는 1921년에 공쿠르상을 수상한 르네 마랑René Maran이 있었으며, 아를램 르네상스상을 수상한 이들(랭스턴 휴스Langston Hughes, 클로드 매케이 Claude McKay)도 있었다.

파리에서 식민지 박람회가 개최되다.

**1932년 9월**

에메 세제르가 파리에 도착한다. 그는 루이르그랑 고등학교의 고등사범학교 준비 1학년 반에 들어가게 되며, 이후 한결같은 우정을 맺게 되는 레오폴 세다르 상고르Leopold Sedar Senghor를 만난다.

**1933~1934년**

고등사범학교 준비반 생활을 하다.

**1934년**

루이 공트랑 다마스Louis Gontran Damas, 레오폴 세다르 상고르, 에메 세제르가 『흑인 학생』L'Étudiant Noir 잡지를 창간한다. 수잔 루시Suzanne Roussy(후일 수잔 세제르가 되는)가 그 잡지에 합류한다. 그 잡지에서 세제르는 처음으로 '네그리튀드'négritude라는 단어를 사용한다.

**1935년**

세제르가 고등사범학교 입학 시험을 통과한다. 그는 유고슬라비아 출신의 친구 페타르 구베리나Petar Guberina와 달마티아Dalmatie에서 여름을 보낸다. 『귀향 수첩』Cahier d'un retour au pays natal을 집필하기 시작한다.

**1936년**

세제르는 갈리마르 출판사에서 번역·출간한 레오 프로베니우스Léo Probe-nius의『아프리카 문명사』*Histoire de la civilisaton africaine*를 읽는다.

**1937년**

세제르와 수잔 루시가 결혼한다.

**1938년**

세제르는『귀향 수첩』의 결말을 짓고, 미국 흑인 학생들에 관한 논문인『미국의 니그로 아메리카 문학 속 가난한 나라에 관한 주제』*Le Thème du Sud dans la littérature négro-américaine*로 고등사범학교 졸업을 준비한다.

**1939년**

『볼롱테』*Volontés* 잡지사에서『귀향 수첩』이 출간된다.
세제르가 마르티니크로 떠난다.
세제르 부부가 포르드프랑스에 위치한 빅토르 쉘셰르 고등학교 교사로 부임한다. 에두아르 글리상Édouard Glissant과 프란츠 파농Frantz Fanon이 그 학교의 학생이 된다.

**1941년**

수잔 세제르, 르네 메닐René Ménil, 아리스티드 모제Aristide Maugée, 조르주 그라티앙Georges Gratiant과 함께 잡지『트로피크』*Tropiques*를 창간한다.
마르티니크에서 앙드레 브르통André Breton과 만난다.

**1943년**

앙드레 브르통이 잡지『퐁텐』*Fontaine* 35호에 실린『귀향 수첩』대역판에 서문을 쓴다.

**1944년**

아이티에서 순회 강연회를 진행한다.

**1945년**

포르드프랑스의 시장 및 공산주의와 정책적으로 연합한 제헌의회의 의원으로 선출된다.

**1946년**

식민지인 과들루프, 기아나, 마르티니크, 라레위니옹을 프랑스의 도로 바꾸기 위한 1946년 3월 19일자 법안의 취지 설명자가 된다.
『놀라운 무기들』*Armes miraculeuses*과 극작품 『그리고 개들이 침묵했다』*Et les chiens se taisaient*를 출간한다.

**1947년**

알리운 디오프Alioune Diop와 잡지 『아프리카의 현존』*Présence africaine*을 창간한다.

**1948년**

『목 잘린 태양』*Soleil cou coupé*을 출간한다.
네그리튀드 운동을 다룬 장 폴 사르트르Jean-Paul Sartre의 서문을 수록한 『흑인과 마다가스카르 신 시선집』*Anthologie de la nouvelle poésie nègre et malgache*이 출간된다.

**1949년**

『잃어버린 몸』*Corps perdu*을 출간한다.

**1950년**

『식민주의에 대한 담론』을 출간한다.

**1956년**

제1회 '흑인 작가·예술가 회의'Congrès des écrivains et artistes noirs가 파리에서 개최된다. 여기서 세제르는 「문화와 식민화」Culture et colonisation라는 제목의 발표문을 소개한다.

프랑스 공산당에 탈퇴서를 제출한다.

다니엘 게랭Daniel Guérin의 『탈식민화된 앙티이 제도』Antilles décolonisées에 서문을 쓴다.

**1957년**

그의 주도로 '마르티니크 진보당'Parti progressiste martiniquais이 창설된다.

**1959년**

제2회 '흑인 작가·예술가 회의'가 로마에서 개최된다. 세제르는 「문화적 인간과 그의 책임들」L'homme de culture et ses responsabilités을 발표한다.

**1960년**

『수갑 채우기』Ferrements를 출간한다.

**1961년**

베르텐 주미네Bertène Juminer의 『서자들』Les Bâtards에 서문을 쓴다.

**1993년**

시장 겸 국회의원직에서 사임한다.

# 참고문헌[1]

## 주요 저작

*Œuvres complètes, 1. Poèmes, 2. Théâtre, 3. Œuvre historique et poétique*, Fort-de-France, Desormeaux, 1976.

## 에세이

*Discours sur le colonialisme*, Paris, Présence Africaine, 1955[『식민주의에 대한 담론』, 이석호 옮김, 그린비, 2011].

*Toussaint Louverture. La Révolution française et le problème colonial*, Paris, Présence Africaine, 1961~1962.

*Victor Schœlcher et l'abolition de l'esclavage*, Lectoure, Édition Le

---

1 다음에 기초해 작성함. www.lehman.cuny.edu와 www.cesaire.org. 세제르의 삶에 관해서는 다음을 참조. www.cesaire.org, Roger Toumson과 Simonne Valmorre 의 전기와 Raphaël Confiant의 좀더 문제 제기적인 성격의 전기.

Capucin, 2004; réédition d'un ouvrage de 1948, *Esclavage et colonisation*, Paris, PUF, 1948.


## 시


*Cahier d'un retour au pays natal*, Paris, Présence Africaine, 1939, 1960[『귀향 수첩』, 이석호 옮김, 그린비, 2011].

*Soleil cou coupé*, Paris, Éd. K, 1948.

*Corps perdu* (gravures de Pablo Picasso), Paris, Éditions Fragrance, 1950.

*Ferrements*, Paris, Seuil, 1960, 1991.

*Cadastre*, Paris, Seuil, 1982.

*Les Armes miraculeuses*, Paris, Gallimard, 1970.

*Moi Laminaire*, Paris, Seuil, 1982.

*La Poésie*, Paris, Seuil, 1994.


## 희곡


*Et les chiens se taisaient*, Paris, Présence Africaine, 1958, 1997.

*La Tragédie du roi Christophe*, Paris, Présence Africaine, 1963, 1993.

*Une Tempête, d'après La Tempête de Shakespeare: adaptation pour un théâtre nègre*, Paris, Seuil, 1969, 1997[『어떤 태풍』, 이석호 옮김, 그린비, 2011].

*Une Saison au Congo*, Paris, Seuil, 1966, 2001.

## 오디오 녹음

*Aimé Césaire*, Paris, Hatier, "Les Voix de l'écriture", 1994.

## 세제르에 관한 문헌

Arnold, A. James, *Modernism and Négritude: The Poetry and Poetics of Aimé Césaire*, Cambridge, MA, Harvard University Press, 1981.

Cailler, Bernadette, *Proposition poétique: une lecture de l'œuvre d'Aimé Césaire*, Sherbrooke (Québec), Naaman, 1976; Paris, Nouvelles du Sud, 2000.

Carpentier, Gilles, *Scandale de bronze: lettre à Aimé Césaire*, Paris, Seuil, 1994.

Confiant, Raphaël, *Aimé Césaire. Une traversée paradoxale du siècle*, Paris, Stock, 1994.

Delas, Daniel, *Portrait littéraire*, Paris, Hachette, 1991.

Frutkin, Susan, *Aimé Césaire. Black Between Worlds*, Coral Gables (Floride), University of Miami, 1973.

Hale, Thomas, A., "Les écrits d'Aimé Césaire. Bibliographie commentée", in *Études françaises*, t. XIV, n^os 3~4, Montréal, Les Presses de l'Université de Montréal, 1978.

Henane, René, *Aimé Césaire, le chant blessé: biologie et poétique*, Paris, Jean-Michel Place, 2000.

Hountondji, Victor M., *Le Cahier d'Aimé Césaire. Éléments littéraires et facteurs de révolution*, Paris, L'Harmattan, 1993.

Irele, Abiola (éd.), Introduction, commentaires et notes en anglais de l'édition en français de *Cahier d'un retour au pays natal*, Colombus, Ohio State University Press, 2000.

Kesteloot, Lilyan, *Aimé Césaire*, Paris, Seghers, 1979.

Kubayanda, Josaphat Bekunuru, *The Poet's Africa. Africaness in the Poetry of Nicolas Guillén and Aimé Césaire*, New York, Greenwood Press, 1990.

Lebrun, Annie, *Pour Aimé Césaire*, Paris, Jean-Michel Place, 1994.

Leiner, Jacqueline, *Aimé Césaire: le terreau primordial*, Tübingen, G. Narr, 1993.

Louis, Patrice, *Aimé Césaire. Rencontre avec un nègre fondamental*, Paris, Arléa, 2004.

Mbom, Clément, *Le Théâtre d'Aimé Césaire ou La primauté de l'universalité humaine*, Paris, Nathan, 1979.

Moutoussamy, Ernest, *Aimé Césaire: député à l'Assemblée nationale, 1945~1993*, Paris, L'Harmattan, 1993.

Ngal, Georges, *Aimé Césaire, un homme à la recherche d'une patrie*, Paris, Présence Africaine, 1994.

Nne Onyeoziri, Gloria, *La Parole poétique d'Aimé Césaire: essai de sémantique littéraire*, Paris, L'Harmattan, 1992.

Owusu-Saprong, Albert, *Le Temps historique dans l'œuvre théâtrale d'Aimé Césaire*, Sherbrooke (Québec), Naaman, 1986; Paris, L'Harmattan, 2002.

Pallister, Janis L., *Aimé Césaire*, New York, Twayne Publishers-Maxwell Macmillan International, 1991.

Réjouis, Rose-Myriam, *Veillées pour les mots. Aimé Césaire, Patrick Chamoiseau et Maryse Condé*, Paris, Karthala, 2005.

Ruhe, Ernstpeter, *Aimé Césaire et Janheizn Jahn. Les débuts du théâtre césairien. La nouvelle version de* Et les chiens se taisaient, Würzburg, Königshausen & Neumann, 1990.

Scharfman, Ronnie Leah, *Engagement and the Language of the Subject in the Poetry of Aimé Césaire*, Gainesville, University of Florida Press, 1987.

Songolo, Aliko, *Aimé Césaire: un poétique de la découverte*, Paris, L'Harmattan, 1985.

Toumson, Roger et Henry-Valmore, Simonne, *Aimé Césaire, le négre inconsolé*, Paris, Syros, 1994.

Towa, Marcien, *Poésie de la négritude: approche structuraliste*, Sherbrooke (Québec), Naaman, 1983.

## 공동 저작물

Tshitenge Lubabu Muitibile K. (éd.), *Césaire et Nous. Une rencontre entre l'Africque et les Amériques au XXI^e siècle*, Bamako, Cauris Éditions, 2004.

Centre césairien d'études et de recherches, *Aimé Césaire. Une pensée pour le XXI^e siècle*, Paris, Présence Africaine, 2003.

*Aimé Césaire ou l'Athanor d'un alchimiste: Actes du premier colloque international sur l'œuvre littéraire d'Aimé Césaire, Paris, 21~23 novembre 1985*, Paris, Éditions caribéennes, 1987.

*Aimé Césaire*, numéro spécial d'*Europe* (832~833), septembre 1998.

*Césaire 70*, travaux réunis et présentés par Mbwil a Mpaang Ngal et Martin Steins, Paris, Silex, 2004.

Leiner, Jacqueline (éd.), *Soleil éclaté: mélanges offerts à Aimé Césaire à l'occasion de son soixante-dixième anniversaire*, Tübingen, G. Narr, 1985.

Thébia-Melsan, Annick et Lamoureux, Gérard (éd.), *Aimé Césaire, pour regarder le siècle en face*, Paris, Maisonneuve et Larose, 2000.

Toumson, Roger et Leiner, Jacqueline (éd.), *Aimé Césaire, du singulier à l'universel* (Actes du colloque international de Fort-de-France, 28~30 juin 1993), numéro spécial d'*Œuvres et Critiques*, 19.2 (1994).

## 영화

*Aimé Césaire, un homme, une terre*, documentaire réalisé par Sarah Maldoror, écrit par Michel Leiris, CNRS, "Les amphis de la cinquième", 1976.

*Aimé Césaire, une voix pour l'histoire* (en quatre parties), réalisé par Euzhan Palcy, 1994.